Ronso Kaigai
MYSTERY
294

善意の代償

Belton Cobb
Murder: Men Only

ベルトン・コッブ
菱山美穂［訳］

論創社

Murder: Men Only
1962
by Belton Cobb

目次

主要登場人物

キティー・パルグレーヴ……………ロンドン警視庁女性捜査部巡査
チェビオット・バーマン……………ロンドン警視庁捜査部警部
ブライアン・アーミテージ…………ロンドン警視庁捜査部巡査
ミセス・マンロー……………………下宿屋ストレトフィールド・ロッジ家主
ジョゼフ（ジョー）・ウィッキー……金庫破り
ハンバート・へザーズ………………下宿人
スパークス……………………………下宿人
チャーリー・ラムズボトム…………下宿人
ジョン・ケント………………………下宿人。へザーズの甥
ジョージ・マンロー…………………家主の息子
クラリッサ・マンロー………………ジョージの妻

善意の代償

第一章　暗闇からの声

1

さすがのチェビオット・バーマン警部も、寄る年波で判断力が鈍ったせいで失敗するのではないか。わたしが——女の直感で——そういう結論に達しなければ、ことの次第はずいぶん違っていたはずだ。警部のことは前から知っており——刑事捜査課の研修の一環で、女性捜査部巡査ではあるが警部の下で一時期勤務していた——、以前の警部は異彩を放っていたが、いまは自制心を失いつつあるように感じていたので、失態を演じる前にわたしが手を差し伸べなければ、と思っていた。

とんだ勘違いをしていたものだ。これからお話しするのは、警部が関わった事件の中でもかなり劇的なケースだ。

2

ことの始まりは、十一月のある夜にさかのぼる。ブライアン——捜査部巡査ブライアン・アーミテージ——とわたし——女性捜査部巡査キティー・パルグレーヴ——は、結婚資金が百ポンド一六シリング三ペンス貯まったお祝いに、ウェストエンドで夕食をとることにしていた。

ブライアンは待ち合わせに四十分遅れてきた。実際のところ時間どおりに来るのは稀だ。でもそれは当人のせいというよりは、上司のチェビオット・バーマンが絶妙なタイミングでブライアンに残業を命じるからだった。しかし将来の妻という立場上、一瞬癪に障っても、悠然とかまえるようにしていた。

その日は通常よりさらに待たされたので、わたしの癪に障り度（そんな言葉があるなら）は相当高かった。そして平謝りするブライアンから遅刻の理由を聞いたのだった。

3

ブライアンは言った。「昨日の夜、署に戻ろうとすると通りの暗がりから囁き声がした。『通用口のドアを開けて、こっそり入れてください』署の建物の側面には、人目につかずに署内に戻る必要がある諜報活動の際に使用している出入口がある。ぼくはてっきり内通者が来たのだと思って、声の主を中に入れた。相手はこびとのように小柄で風変わりな男だった。五十絡みでやや人相も悪く、堅気には見えない。オーバーコートを着ず、マフラーと手袋を身に着けている。

ぼくが『どうしました？』と訊くと、男は警部に会わせてくれと言った。もちろん用向きを尋ねた。すると『警部に直接話します。ジョー・ウィッキーが会いたがってると伝えてくれませんか？』

警部は理由を聞かずに会ったりしないはずだ、と言っても『いえ、会ってくれます。首を長くして待っていたはずですから』
　はたして男の言うとおりだった。男をそこに待たせたままバーマン警部のところへ行って伝えると、警部は言った。『ジョー・ウィッキーだって？　それなら丁重にお迎えしなくては。それとも署で一番ましなブタ箱を用意しておくか。奴は何か白状するつもりに違いない。でなきゃ、自分から署に来るはずがない。それから奴とドアの間に待機していてくれ、アーミテージ。奴の気が変わって一目散に逃げようとするかもしれない』
　それで、その小柄なウィッキーなる男を警部のところへ連れていくと、実に親しげな会話が始まった。バーマンは『やあ、ジョー』と言い、ウィッキーは『こんばんは、ミスター・バーマン。警部にご昇進なさったそうで何よりです』と返した。でもバーマン警部がそういったやりとりに疲れて『ここへは何の用で来たんだ？』と尋ねると、ウィッキーは言葉に詰まった。
　警部は急かさずに、こう言った。『その前にここのやり方を思い出させるとしようか？　よし。じゃあ、手袋を外さない理由を教えてくれ。ここで指紋が残るのを怖がっても仕方ないだろう――おまえの分は、もう保管されているんだから』
　小柄な男はその話題には乗ってきた。『この指はあたしにとっちゃ、とっても大切なものなんですよ、ミスター・バーマン。だから大事を取っているんです。人様《ひとさま》と比べて立派な手というわけじゃありません。改めて考えるとおかしなもんです。でも、あたしゃ気にしてません。いわゆる色男でもないですが――暗闇で一本の髪に触れても気づくほど繊細な指のおかげで、ほかの連中には真似できないことができるんです』
『誰もしようとしないことをな』バーマン警部が言い返す。『おまえの金庫破りの腕前なら、いい外科医になれたのに』
　ウィッキーはしかめ面をしたが、当人は笑ったつもりのようだった。『そうかもしれませんけど、中が空っぽじゃあね。腹を開いて盲腸を取って——それが外科医の何の足しになるんです？　あたしが金庫を開けりゃ——ずいぶん役立つ物が手に入るんですよ』
　うまいことを言うもんだ、と思わずぼくは吹き出したが、バーマン警部ににらまれて慌てて空咳をしたら、却ってむせてしまった。
　ウィッキーは続けた。『あたしゃ指に保険を掛けてるんですよ、ミスター・バーマン。もし失ったら一本当たり五百ポンド——怪我なら百ポンドです。はした金ですが保険会社がそれ以上は首を縦に振りません。だから手袋をして大事にしてるんです』
　するとバーマン警部が冗談を言った。『ブタ箱に入っている間は保険金も保留か？』もちろんここは笑っていいところだから、ぼくは堂々と笑った。だが警部はすぐにウィッキーに向かって言った。『さあ、そろそろここに来た理由を話してもらおうか』
　またウィッキーが言葉に詰まったので、バーマン警部が言った。『信仰の道に入って、これまでの罪を白状しに来たのか？　違う？　それじゃダチをたれこみに来たんだな。だとすると、おまえには驚かされるよ、ジョー。そんなものから足を洗ったと思っていたから』
　ウィッキーは口を開いた。『誰かのたれこみをしようなんて思ってません、ミスター・バーマン。実はお耳に入れたいことがあるんです。ある男の命が狙われているんですよ』

4

ブライアンの話は続いた。「ウィッキーは、ジョン・ケントなる人物が脅されていると聞いた――脅されている、というのはつまり殺されるということだという――、そして、そのケントは行方をくらましているらしい。ウィッキーによると、ケントはまだ無事で、魔の手から逃れるために逃亡しているそうだ。

なんだか薄っぺらい話だろう？　脅しなんて裏社会では珍しくないし、『行方をくらま』すなんて言われても、そもそも〝住所不定〟の奴には意味がない。バーマン警部がそう指摘すると、ウィッキーは言った。『ああ、ケントの住所ははっきりしています。この近くのストレトフィールド・ロッジという下宿屋に住んでるんです。いいところですよ、とても寛げるそうです。実はあたしもそこに引っ越すつもりなんです。それにビル・ヘザーズも住んでます』

その男は何者かと警部が尋ねるとウィッキーは言った。『おや、ご存じのはずですよ、ミスター・バーマン。ビルはギャングを牛耳っている大御所ですよ。あたしも世話になることがときどきありますし、ジョン・ケントはいつもビルと組んでます』

警部は、ビル・ヘザーズもジョン・ケントも知らない――名前すら聞いたことがない、と言った。話の途中から、どうも信用できないと思ったのだろう、それも当然だ、ヘザーズとやらがギャングの『大御所』なら警部が知らないはずがないから。ウィッキーによると、ケントは裏社会に入ってまだ数年で前科はないそうだが、ヘザーズを知らない者はいないらしい――警部が知らないと聞いてウィッキーは笑っていたよ。でも警部はあくまでもそう言い張った。
バーマン警部が次第に不信感を募らせていくのが、ぼくには手に取るようにわかった。警部は質問をし始めたけど、ウィッキーの答えは満足できるものではなかった。当然警部は、誰がそのケントとやらを殺そうとしているのか、と尋ねた。するとウィッキーは答えようとしなかった。警部自ら調べて見つけてもらったほうがウィッキーの身が安全だから、と言って、いくら突いても尻尾を出さなかった。とうとうバーマン警部がしびれを切らした。『その、おまえが話したもうひとりのほう――ヘザーズという男がケントを殺そうとしているのか?』するとウィッキーは答えた。『たぶんそうです。でもあたしはそうは言ってませんし、ミスター・バーマンの推理が正しくても、あたしは関係ないですよ』
それで警部は話の矛先を変えた。『いいか、おまえはやけに身の安全を心配しているが、それならわざわざ署に出向く危険を冒してまで、そんなつかみどころのない話をしに来た理由は何だ? いつものたれこみの要領で電話ボックスから連絡してこなかったのはなぜなんだ?』
すると小柄な男は憤然として言った。自分はたれこみ屋じゃないから誰も裏切ったりしない、こっそり知らせたのは、このままでは人が殺されてしまうからで、自分にはそれは耐えられない。これまでも、これからもそうだ。署に来たのは、ケントを見殺しにできないからだ、緊急なんだ。だからこそ警察にしっかり伝えて阻止してもらいたかった。そしてこう言った。『ミスター・バーマン、あたしが電話をしたら、話を聞いただけで捜査に取りかかってくれるのに、こうして会って話すと様子が違いやしませんか。いまさら知らない仲じゃない、そりゃいつも意見があうわけじゃありませんよ――金庫破りなんかはね――でも、命を狙われている男を、あたしが本気で助けてほしいと言っているんだから、納得してくれてもいいはずです。あたしの頼みはただそれだけ、人殺しはいけない、そうでしょう』」

5

ブライアンはそこで一息ついた。その頃にはオーダーしていた品も来ていたので食事を始めた。

しばらくしてブライアンは続きを話した。「小柄な男が立ち去った後、ぼくはストレトフィールド・ロッジへ調査に行き、家主と思われる女性と会った。小柄な賑やかな女性で、妙な話し方をする――話に切れ目がなくて、そのうちの半分は尻切れトンボだ。女性は家事に頭を悩ませていた。前の女中が辞めてから後釜が見つからずにひとりで下宿屋を切り盛りしているらしかった。そんな中、数分時間を割いてもらい、警察だと名乗らずに聞き取りを済ませたんだ。

家にはいま四人の下宿人がいて、全員男性だ。そのうちのひとりがヘザーズで、ケントもいる。家事を手伝ってくれる女中が見つかれば――すぐにでも五人目の下宿人を受け入れたい、南アフリカのダイヤモンドの貿易商人ジョゼフ・ウィッキーを……確かに家主はそう言った。

さすがにケントが失踪している――とは言わなかった。荷物も持たず、行く先も告げずに数日前に出かけた、と言っていた。女性の話では、ヘザーズというのはケントの伯父で、ふたりとも『すてきな御仁』だそうだ。とにかく、やけにお上品なところだ――ギャングのボスやお尋ね者を探すような場所には見えない。

署に戻って報告すると、バーマン警部は少しも驚かなかった。署内の担当部署に電話をして犯罪記録を照会済みで、ヘザーズもケントも前科がなく、つまり――バーマン警部が言うには――ウィッキーが嘘をついていたのが明白となった。その事実にもバーマン警部は驚かなかった。

それで警部はウィッキーが現住所として伝えた所へ行って奴を連れてくるよう、ぼくに指示した。ひどくおかんむりだったので、あの小柄な男は面倒なことになるだろうと思った。

伝えられた住所に行くと、夜に駅へ行ったきり戻っていないとわかった。そう警部に報告すると、思ったとおりだ、と警部は言った。ウィッキーが作り話をしていたのは見え見えだったから、おおかた、つじつま合わせのために夜逃げのような真似をしたのだろう。虚偽の情報を伝えたかどで逮捕されるのを恐れてのことと思われる。

警部は言った。『唯一の謎は、何が言いたかったのか、ということだ。こっちが口車に乗ったら、あのペテン師にどんな得があったんだろう』」

第二章　チェビオット・バーマン警部の推理

1

これがブライアンから聞いた情報だ。話の区切りでわたしは口を挟んだ。「それでどうなったの？続きを教えて。結論が知りたくてうずうずしているのよ」

ブライアンは応えた。「バーマン警部は、これは前にも署で例があった手口だと言った。わざわざ署に来て嘘のたれこみをする——つまりガセネタをつかませるんだ——実際の犯行現場に捜査の手が伸びないよう、けん制するために。

ほら、大掛かりな犯罪ともなれば準備に何日もかかるだろう——たとえば隣の家から銀行の金庫室までトンネルを掘るとか、現金輸送車の襲撃とか——そんな時に刑事捜査課がガセネタに振り回されて捜査員の数が手薄だと犯行の発覚が遅れて、犯人が逃げおおせてしまう。

危険を冒してまで署にたれこみに来ることなんぞ、いまのいままでなかったウィッキーが、本事案では、わざわざ出向いてきた点にバーマン警部は注目している——つまり、そうしたほうがウィッキーにとって安全だったということだ。そこで、ウィッキーの仲間が、たれこみを事前に把握していたという推理が成り立つ。そして実際ウィッキーをたれこみに出向かせた。バーマン警部に言わせれば、最初から終わりまで、でたらめの話だそうだ。ヘザーズとケントのお人好《オネスト・ジョン》しふたりが使われたのは、ストレトフィールド・ロッジにふたりが下宿していて、ケントが『出かけ』ていると聞いたからで、そこからケントの命が狙われているという話をでっち上げたと推測された。

その時だ、バーマン警部は〝読み違えている〟とわたしが感じ始めたのは。

「推理としては、ひどくお粗末ね」わたしは言った。「犯罪者は——とにかく重大犯罪をもくろんでいる連中は——間抜けじゃないわ。殺人事件をでっちあげようとしたかったのなら、お人好しふたりが裏社会の人間だとは言わなかったはずよ。警察は当然ながら裏を取るから、すべて明らかになる」

「ぼくもバーマン警部にそう進言したら、お目玉を食らったよ」ブライアンは言った。「きみは経験不足で犯罪者の心理がこれっぽっちもわかっていない、と言われた。おそらくウィッキーは、警察に訊かれたのは、ヘザーズとケントを知ったいきさつやケントが狙われていると聞いた場所だ、と主張するだろう——そしてヘザーズたちは裏社会に属している、と言えばウィッキーは関与していないことになる。たれこんだ話が信用されなくてもいいんだ、警察は殺人が起こるかもしれない、と聞いたら、本当である可能性がたとえ一パーセントでも動くに違いない、ウィッキーとその輩はそう考えているんだ」

「まあ、それはそうだろうけれど。それでバーマンはどう動くつもりなの？」

「無視さ。殺人に関しては全く動かない。古株ともなると、そんな手に引っかかりはしない、とバーマン警部は言ったよ。いいかい、警部だってウィッキーをつかまえて真実を言わせたがっている——それでぼくは今日ずっと奴を探していたんだ。でも足取りがつかめない。それにバーマン警部は銀行や大企業の警戒に当たるのに忙しいんだ。あの作り話に騙されることなく警部が強盗を阻止したら、それこそ大手柄さ」

2

それを聞いて、わたしは一点の曇りもなく確信した。バーマン警部はもうろくした、と。

推理はすべて納得がいくくし、自分の判断に自信を持つのが結構なことであるのは間違いない。でもそれにも限度がある。人の命を危険にさらす次元ともなれば、机上の推理に頼るなど愚の骨頂だ。

それがわたしの出した結論だった。バーマンの推理は正しいかもしれない――おそらく正しいのだろう。でもそれが間違いかもしれない、とはっきり言える人はいない……それにもし実際に間違っていたら、そしてバーマンが間違いである場合に備えて捜査しなければ……ジョン・ケントという人物は殺されるのだ。

3

家に帰っても夜中過ぎまでそのことが頭から離れなかった。

ベッドで寝がえりを打って悶々とすればするほど、バーマンの推理が間違っている可能性がいかに低くても――たとえ一パーセントだとしても――何かしらの対応をすべきだ、という結論になるのだった。

ジョン・ケントのためでもあるが、バーマン警部のためでもある。警部が実はもうろくしておらず、たまたま判断しかねているだけだとしても、防げたはずの殺人事件を阻止できなかった、となると、ひどい痛手を負ってしまう。それに警察内でのブライアンの出世の見通しも、バーマンに負うところが大きい。警部に気に入られたおかげで異例の訓練を受けているのだ。だからそれらを全部ひっくるめると、ジョン・ケントが殺される確率が一パーセントであっても、阻止することが重要となる。

わたしの出る幕ではないのは百も承知しているが、自分こそが――午前三時には――行動を起こせる唯一の人物と思えた。

ウィッキーによると、ヘザーズとケントはストレトフィールド・ロッジという下宿屋にいて、ウィッキー自身も近々そこに住むつもりらしい。ということは、もし見つけるべきものがあるとすれば、その下宿屋にある。そこの家主はいわゆる〝女中〟を探しているはずだ。

ちょうど一週間分の休暇が残っているから、〝急な私事で〟と頼めば明日から休める。

じゃあ、何も問題はないではないか？　わたしの案を聞いたらバーマンはひどく怒るだろうが、何らかの成果が出るまで内緒にすればいい……それでジョン・ケントの命が救われ、バーマン警部の評判が保たれるなら――ブライアンの将来は言うまでもない――いくら叱られてもかまわない。どのみちブライアンと結婚したら警察は辞めるつもりなのだ。

女中を装い下宿屋の内部を偵察すると考えるだけで、何だかわくわくするではないか。

第三章　下宿人は男性に限る

1

翌朝、未来の雇い主に気に入られそうな服を着ながら、この作戦をブライアンに内緒にしていてよいものかわたしは考えた。

何も信用していないわけではないし、隠密行動を取ろうとしているわたしに対してより、バーマン警部に対してのほうがブライアンの忠誠心が強い、と思っているわけでもない。でも、わたしの任務の一環を好ましく思っていないのと同様に、任務外で抜かりなく行動しても——ブライアンは内心では——心穏やかではないだろう。それに、バーマン警部に報告すべきだと考え、そうできないとひどく心配するはずだ。つまり内緒にしておくのがブライアンに対する優しさだ。もちろん、ほかの誰にも言わないほうがよい。

準備が整い、ストレトフィールド・ロッジへ向かった。建物はビクトリア朝の二戸建て住宅だ。現代では使い勝手が悪いとされ、学校に転用されるか一戸ずつ分けられるのが一般的だが、さびれてはいない——というよりは、そう見えないように手を入れている感じだ。窓の下枠にはプランターのキクが咲き競い、木造部は平凡な色のペンキで塗られている。下宿人にも陽気であってほしい、という家主の意志が外観からも窺える。

それに女中はひとりというより三、四人はいないと家事をこなせないと思われた。つまりわたしは一週間であれ、〝こき使われ〟て、疲労でやせ細るはずだ。休暇が明けて職場に戻った時、女中膝（膝をついて働くことで起こる炎症）のせいでパトロールに支障をきたすのは何としても避けたいものである。

玄関の戸を開けてくれた細身の中年女性は、かなりうろたえているように見受けられた。その話し方からすると家主のようだ。ブライアンの話では、話に切れ目がなく、たいてい尻切れトンボだ、ということだったが、そのとおりか、それよりひどいくらいだった。というのも、女性はだいたいにおいて、とても明瞭な話し方なのだが――それが続かないからだ。のちに学んだが、女性は心配が募れば募るほど、話のつじつまが合わなくなる性分なのだった。

女性はミセス・マンローと名乗り、わたしが用向きを伝えると、こう言った。来てくれて嬉しい、あなたは幸せ者だわ、きっと仕事が気に入るはずだから、仕事は楽なの、だって大きな家に見えるだろうけれど、最上階のフラットは下宿にしていないから。通常と何ら変わらないのよ、だってね。

いくぶん混乱したわたしは、最上階はどうなっているのかと尋ねた。すると、ジョージとクラリッサが住んでいて、自分たちでやっているからいいのだ、とミセス・マンローは言った。

「ジョージは息子でね、いい子なんだけれど子供の時から身体が弱くて。わたしが下宿屋を始めたら、嫁を連れてきたの。だから最上階をふたりの住まいとして提供したのよ。嬉しいものよ、クラリッサのような嫁だとしてもね」

〝だとしても〟という表現が嫁に使われたのを、わたしは心に刻んだ。ミセス・マンローはそれ以上話そうとはしなかったが、職に就けばのちのちわかる、と確信した。

予想よりことは順調に進んだ。推薦状はないかと訊かれるのを恐れていたので、牧師館で年老いた母のために家事手伝いをずっとしていたせいで外で働いたことがない、というありふれた言い訳を用意していたが、話さずに済んだ。夫人はわたしを――おそらく誰であっても――雇えるのがとても嬉しいらしく、仕事内容をわたしが知って逃げてしまわないか恐れていた。ミセス・マンローは心苦しいのだろう、とわたしは思った。嫁のクラリッサが下宿の家事に少しでも手を貸していれば、様子も違っていただろう。

「わたしもできるだけ手伝うのよ」ミセス・マンローは言った。「あなたに無理がないように気をつけるし、きっとあなたも気持ちよく働けると思うの、そうなんだけどね」

このような口調に慣れておらず、わたしは続きを待った。だが文を終わらせる代わりに、夫人はわたしの賃金や休憩時間について話し始めた。

それについて折り合いがつくと、夫人は「そうなんだけどね」と先ほどの続きを始め、とにかく、夫人の懸念していることに話が戻った。

今日から働いたほうがいいかと尋ねると、ミセス・マンローは言った。「あら、そう？　助かるわ。渡りに船よ、そうなんだけどね」

これ以上耐えられそうになかったので、わたしは言った。「奥様、わたくしを信用いただけないんでしたら、気にかかる点をお示しください」

夫人はひどく困惑した。「あら、信用していますとも。それはそれとして」そして急に覚悟を決めたように言った。「あなたより少し年かさで、器量がそれほどでもない人が来てくれないかしら、と思っていたものだから。もっと年かさなら安全なのは確かだし、それにね」

あなたの美貌が安全を脅かすなどと言われると、こちらとしては女冥利に尽きるが、せっかく首尾よく進んでいた面談の雲行きが何やら怪しくなってきた。

「勤務の時には印象が変わりますよ、わたしは元々地味なんです。今日は面接に伺ったので、精一杯頑張って、メイクに一時間近くかけました。化粧を落としたら誰の目にも留まりません」

ミセス・マンローは言った。「あら、そうだといいんだけれど。そこだけはね、頼みたい仕事が山ほどあるんだけれど、気をつけてもらわないと、どうにも耐えられないことになるのでね」

夫人はかなり誇大妄想気味だとわたしは感じた。下宿人によほどの女好きがいない限り、一週間程度で危険な目に遭いはしないだろう。それに署で武器を使わない格闘技のコースを修了しているので、技のひとつやふたつをかければ、相当の女たらしでも諦めるだろう。だが夫人にそう告げるわけにはいかないし、週末には前触れなしに立ち去る身だ、と伝えるのも憚られる。それでわたしは言った。

「でも奥様が見守っていてくださるんですから、何もご心配には及びませんよ」

わたしが全幅の信頼を置く様子にミセス・マンローは安心したようだった。だがしばらくすると再びぐずぐず言い始めた。急にわたしが老け込む、というような画期的な解決策が示されるのを期待するかのように、こちらを見る。

どうにも困ってしまい、ミセス・マンローが話を元に戻さないとも限らないが、とりあえず話題を変えるしかなかった。

わたしは言った。「下宿している方々について教えてくれませんか」

「ええ、もちろんよ」夫人は張りのある声で言った。「あの人たちを助けたくてわたしは要望に応えているの、幸せでいてほしいのよ。それに孤独でいてほしくない。年老いた男性がひとりぼっちで誰にも気にかけてもらえない、なんて恐ろしいもの」

「よくある下宿屋とは少し違うようですね」

「ええ、そうね。わたしの使命だから」

これには驚いた。「『使命』？」わたしは繰り返した。「賛美歌に出てくる、あの？」

「あら、そんなんじゃないの。でも神の思し召しだと感じるのよ、あんなことがあるとね」

辛抱強く聞いていれば、この下宿屋のことが多少なりとも理解できるのではないかと思い、経緯を尋ねた。

ミセス・マンローは話し始めた。「実は一年半ほど前、手持ち無沙汰だったものだから、郵便で届いた用紙に記入したのよ、あのサッカーくじね。まるっきりの初心者だったんだけれど、説明書を読んだら、四角にバツをいくつか入れて、署名して郵便小為替で送ればいいみたいだった。ばかよね、どうかしてたんだわ、妙に蒸し暑い日の午後で、お茶の時間に来るはずのジョージが来なかったからかしら。でもどうやら当たったみたいで、二万ポンドほどの小切手が送られてきたの」

「まあ！　なんて幸運なんでしょう！」

「そうおっしゃるなら、そうなんでしょうね。でも――わたしには、何かの意味があって届いたお金だと思えたのよ。主人は何年も前、まだジョージが小さい頃に他界して、つつましく暮らしてきたの。それが急にそんなことになったから、偶然とは思えなかった。そのお金を何か特別なことに役立てなくちゃ、って。身寄りのない人は何て気の毒なのかしらと常々思っていたわ、わたしだってかわいいジョージがいなかったら、ひどく寂しかったでしょうね。それでこの家を手に入れて、残りのお金は下宿人をもっと幸せにするために使おうと決めたのよ」

　この時だ、この年配女性はどうかしていると確信したのは。そもそも二万ポンドもの大金をいきなり手に入れて、若い女性にちょっかいをかける孤独な年寄り男性連中のための下宿屋につぎ込むとは――聞いてあきれるではないか！

　それに〝かわいいジョージ〟って？　息子がまともな人間なら、大金がどぶに捨てられるのを見たくはないはずだ。

「最初は女性用にするつもりだったのよ」ミセス・マンローが続ける。「でもね――男性のほうが楽だと気づいたの。貪欲じゃないし言い争いをしないから。それで男性専用にしています」

「年配の方々ですね？」

「若いうちは寂しくなどないでしょう。ことさら声を大にして言うつもりはないけれど、皆さんそうだわね、ミスター・ケントは例外として。もし若くて貯えがあるなら、うちの下宿屋にいてもらうのは却って変でしょう。それで全額を下宿に費やして、それでね」

　こんな話を聞くのは初めてだ。「では、利益目的で経営しているのではないんですか？」

「ええ、下宿人からは一ペニーももらっていません。催促なんてできないわ、だって皆さんに幸せになってもらうのが目的なんですから」

「部屋から食事から何でも提供して、すべて無料なんですか？」わたしは大声を上げずにはいられなかった。「まあ、なんて慈善的なんでしょう！」

「あら、でも下宿人にはそんな風に思ってもらいたくないの。重荷に感じるでしょうからね、いい方たちばかりだから幸せになってほしいんです。同居人がいる、孤独を感じない生活、わたしはそれをお手伝いするだけなの。皆さんが退屈しないよう気にかけているのよ。テレビもあるし卓球室もあるし、できるだけ下宿人が明朗闊達でいられるよう手を尽くしていますT」

2

そう、こんな調子だ。先にも述べたように、夫人はどうかしている。

そしてうっすらわかってきたのだが、下宿屋に派手な若い女性を雇うと年配男性たちの反応がどうも、という点については、誇張はあるとしても何か含みがある。ミセス・マンローは明朗闊達だが、あまり色気があるとはいえないし、卓球に飽きて暇を持て余している老紳士たちが下心を見せるとするなら、その対象はわたしだけとなる。

そうそう、クラリッサを忘れてはならない。いったいどんな女性なのだろう。ミセス・マンローによると、自分の住まい以外の家事はしないらしいが、下宿人の目に触れると刺激が強すぎるからだろう。

わたしは尋ねた。「息子さんやお嫁さんがいらっしゃるおかげで、ずいぶん賑やかなのではないですか？」

「ああ――どうかしら。かわいいジョージに負担はかけられませんからね。いつも陽気でいようとすると疲れるから、無理強いはできないわ。実は息子は下宿人とは交流しないの」

夫人が答えづらそうな質問をするのはわたしの役割ではない――それに、夫人が何らかの困難に直面しているのがわかり始めていた。だがわたしはもっと明確に把握したかった。「それではお嫁さんは？」

ミセス・マンローの唇がこわばる。「消極的ね。結婚しているから、という意味よ。わたしも頼むつもりはないし、わたしの願いはね」

わたしはその続きを聞くことはなかった。夫人はそこで話すのを止めて、これまで以上に口を引き結んだ。この件でそのあと唯一口を開いたのは「できることなら」という言葉だけだった。わたしは要領を得ず、それほど嫁を嫌う理由が謎となって残った。

しばらく考え、ミセス・マンローの親切心は、下宿人がわたしにちょっかいをかけるのを心配する面もあるが、クラリッサが同じようなことになれば、さらに深刻な事態になると懸念してのことだろう、と踏んだ――息子の嫁が〝交流し〟たら起こり得るのだ。クラリッサの魅力と比べればわたしの魅力は劣っているようだ。

その頃には夫人も、わたしが相応《ザ・ポテイトウズ》になるのを条件に、危険を承知で雇う決心がついたらしかった。それに応じてわたしの呼び名も〝ミス・パルグレーヴ〟から〝キティー〟に替わった。しかし、わたしがすぐに働きたいと申し出たとたん、再び気が変わったのか夫人はこう言った。「あら、それは困るわ、だってちょっと。どうかしらね？　もっと地味にしたほうがいいし、ほら、お化粧だって」

その頃には、夫人の語尾を飲み込む話し方の特徴がわかってきていたので、何を言わんとしているかすぐにわかった。「仕事着を着て化粧を落としたらどうです？　昼食後にすぐに戻ってまいります」

夫人と玄関に向かいながら、重要な情報を聞き逃していたと気づき、わたしは尋ねた。「確か、下宿人はおひとり以外、全員お年寄りだとおっしゃいましたね？」

「まだ二十四なの」とミセス・マンローは言った。わたしは一瞬、わけがわからなかったが、夫人が下宿人の数ではなく、ミスター・ケントの年齢を言っているのだとわかった。「ミスター・ヘザーズはとりわけ孤独で、よく知っている人としか話さないの。ずいぶん難しい方でね、黙ったまま、ずうっと座っているのよ。ミスター・ケントは彼の甥御さんで気心が知れているでしょう、それでわたしピンときてね。ミスター・ケントが喜んで来てくれたおかげで、ずいぶん雰囲気がよくなったのよ。でも、いなくなってね」

ここぞとばかりにわたしは尋ねた。「ミスター・ケントは行方不明なんですか?」

「あら、そんなんじゃないの。少なくともわたしはそう願っているわ。でも確かに出ていったきり。正確に言うと、四日前に誰にも行く先を言わずに出ていってから、誰も姿を見ていないの。とても心配だわ」

「ミスター・ケントの身に何かあったとお思いですか?」

「あら、そうだろうとは思うけれど、見当がつかないわ」

「交通事故に遭ったとか?」

「それなら知らせに来るでしょう? 警察が、という意味よ。少なくともミスター・ヘザーズには誰かしらから連絡が入るはずよ」

警察の人物だと気づかれずにこの話題をどこまで掘り下げられるか、わたしは思案した。無理は禁物だ。「ミスター・ヘザーズも奥様に話すでしょうしね?」

「まあ。そうかしら? それにしても困ったわ。そもそもミスター・ヘザーズは無口だから、わたしに何か内緒にしているのかどうかの判断がつかないもの」

その頃ちょうど玄関に着いた。「昼食が済んだらすぐに来てね、キティー。仕事が山ほどあるの。着古した服よ。お顔のことも忘れないで」

階段を下りるわたしを見送りながらミセス・マンローが声をかけてくれた。頭の部分は聞き逃したか、夫人がはしょったのだろう。「それから相応《ザ・ポテイトウズ》に」

第四章　初顔合わせ

1

目鼻立ちは直しようがないので、わたしは化粧を落とし、安いブランドのぱっとしない発色の口紅をつけた。これで男性の目を引きつける可能性はなくなる、そう確信した。前部にしみのある着古したスカートと色褪せたセーター、そして友人からチャリティーバザーに出す服を頼まれた時に備えて、たんすで何年か眠らせていたコートを身に着けた。その姿はわれながら「みなしごエミリー（L・M・モンゴメリ〔1874-1942〕の小説の主人公）」によく似ていた。

　家にある一番みすぼらしいトランクを持ってストレトフィールド・ロッジに戻った。この時、玄関ドアを開けてくれたのはミセス・マンローではなく、シャツ姿の男性だった。やけに額が出っ張った大柄の年配男性で、腹にセキセイインコ模様の白いショートエプロンをつけている。その姿だけ見れば喜劇に出てくる執事のようだが、その左手が血で汚れたハンカチで包まれている点が、それを妨げていた。

　ドアを開けた男性は言った。「やあ、新入りさんかな？　よかった、さっそくだけど皿洗いの続きを頼みます。いま途中で——皿洗いがわたしの担当なんですよ、ミセス・マンローにはとてもよくしてもらっていますから、これくらいは当然ですが、怪我をしてしまって困っていたところです。代わってくれますか——エプロンを持ってきていないなら、これを貸してもいいですよ。そもそも、こんなのをつける柄じゃないんですが、服が汚れないようにミセス・マンローが貸してくれたので、ありがたくてね。こちらも——皿洗いはわたしがしていますが——手助けすべきなんです、ずいぶんお世話になっているんだから」

わたしは無言だった——口を挟む余地がなかった。だが、男性の肩越しにミセス・マンローの姿を見つけて、何か話さなくては、と意気込んだ。夫人は不満げな顔をしていたが、男性が後ろを振り返ると表情を変えて、実に陽気に言った。「どうもありがとう、ミスター・ラムズボトム。ご親切にドアを開けてくださったのね。キティーと会っておわかりになったでしょう、彼女がとても有能だって。それに楽しい人なのよ。このところ揉めごとがあったけれど、もう大丈夫。明るい人が来てくれるとずいぶん違うわよね？」

夫人はそこで血のついたハンカチに気づいた。「まあ、お怪我を——また割ったんじゃないわよね？　お気遣いいただいて却って申し訳ないわ。手伝ってもらうのはありがたいし、とても嬉しいけれど。もっとグラスがあったほうがいいかしら？」

ミスター・ラムズボトムは言った。「今日のところは一個だけ追加してくれれば。洗っていたら滑ってしまって。不思議なほど、よく滑るんですよ」

ミセス・マンローが言う。「本当にご親切に、もう結構ですのよ、わたしが洗いますし、これからはキティーもいますから。とにかく感謝しますわ、手を貸してくださって。本当にお優しい。怪我はひどいんですの？」

「いや、全然」とミスター・ラムズボトムは答えた。「たいしたことありません。われわれに対するご親切にほんの少しでも恩返しできればと思いまして」

「まあ、なんてお優しい方」ミセス・マンローがうわの空で言う。「覚えておいて、キティー、わたしは後でグラスを買いに出かけますからね。ミスター・ラムズボトム、もう充分ですのよ、後はキティーに任せてくださいな。さあ、部屋に案内しますよ、キティー。カバンも持ってね」

2

わたしたちは階段を上がった。二階に着いた時、ミセス・マンローが立ち止まって手すりの柱の間から玄関ホールを覗いたので、わたしも同じようにすると、ちょうどミスター・ラムズボトムがひとつの部屋へ入っていくところだった。

「キッチンじゃなくてテレビ部屋に行ったわ、ありがたい」ミセス・マンローは言った。「ねえキティー、あなたには失望したわ。あれほど言ったから、わかってくれたと思っていたのに。下宿人に幸せでいてもらうためには明朗でいるのがとても大切なの。あなたとミスター・ラムズボトムとのやりとりを聞いていて、耳を疑いました」

「お言葉ですが、そんなはずはありません。わたしは何も言いませんでしたから」

「あなたが何も話さなかったのにあきれたんです、とっても。わたしがしたように、陽気に話しかけるべきでした」

わたしは反論した。「言葉を挟む隙がなかったんです。ミスター・ラムズボトムがエプロンについて話し続けていたものですから」

「セルフサービスの店でたったの十八ペンス。それくらいちょっとしたことよ、気遣いを示すのは。陽気でいることもね。明朗快活、恥ずかしがっていては困りますよ」

そんな指摘を受けたのは初めてだったが、とやかくいっても始まらないので、すみませんでした、二度といたしません、と詫びた。

夫人は言った。「下宿人に対してはお願いよ。彼らと一緒じゃない時は陽気でいる必要は少しもありませんから。おわかりよね、ふさわしくない振舞いであるのは」

これっぽっちもわからなかったが、こう言った。「ええ、もちろんです」

「それが一番大切なの。それをわかっているなら、上に行きましょう。下宿部屋はまだ満室ではないけれど、新しく来る人のためにとっておきたいの。お断りするようなことがあっては大変だもの。部屋が空いていても、そのままにしているのよ」

正直なところ少し怖気づいた。いままで踊り場や階段で寝たことはない。寝姿を色好みの下宿人に見られたら——。

わたしの気などおかまいなしに、ミセス・マンローが続ける。「広くはないけれど、とても居心地のよい空間よ。とはいえ、寝る時しか使わないでしょうからあまり関係ないけれど。クラリッサがよくしてくれますから」

キツネにつままれた気分で、カバンを運ぶのに苦労しながら階段を上がった。ここまでの話からすると、最上階の玄関先にマットを敷いて寝るように思える。そうでなければ、クラリッサとどう関わるのか皆目見当がつかない。

ミセス・マンローが玄関ドアをノックする。少ししてドアを開けてくれたのは、若い女性だった。思ったとおり、とても美しいブロンドで、アメリカの探偵小説の世界に迷い込んだ気がした。物憂げな気取った声で女性は言った。「まあ、ご丁寧なこと。わざわざ挨拶に上がってきてくださったんですか？　ジョージは散歩でいないんですよ」

「少しだけいいかしら、クラリッサ。こちらは女中として雇ったキティーよ。取り急ぎカバンだけ置かせてもらいたいの。それにね、キティーに来てもらって安心したのよ」

クラリッサが言う。「まあ！　前の時のように、うちの客間に寝泊まりさせるおつもりですか？　部屋はほかにもありますよね？　この階をわたしたちだけで使えないのは、とっても困るんです。それに、いきなり来るのではなくて、前もって言っていただかないと」

「いい娘さんなの」ミセス・マンローが言う。「厄介をかけたりしないと請け合うわ、それにとても物静か。そうよね、キティー？」

「はい、声が小さすぎる、とよく言われます」わたしは応えた。

クラリッサは言った。「前の娘はいびきをかいたり呻いたり、おまけにひどくルーズでした」

ご迷惑をおかけしないようにします、とわたしは言った。ここまでしても新しい女中が気に入らないというなら、若夫婦の寝床こそドアマットが適当だと思われた。

「そう、わかったわ」クラリッサは言った。「断る余地はないようね。どうせ寝るのは遅くて起きるのは夜明けなんでしょう。言っておくけど、夫は寝床に就いたら邪魔されたくない質《たち》なの。それをいうならわたしもだけど。ついてきて、部屋に案内するわ」

3

コートをフックに掛けて仕事着を着たわたしは、ミセス・マンローと階下に向かった。「クラリッサ、とても親切でしょう」夫人は言った。「関心がない時は特にああなのよ。わたしの活動に対してもそう。決して認めないでしょうね。それどころか、考えもしないいんじゃないかしら。ときどき自分でも不安になるのよ、わたしが願っているように下宿人は幸せなのかしら、って。特にやることが山ほどあって忙しすぎる時は。だからあなたに家事をしてもらえて本当に嬉しいの。手伝ってもらえば、わたしは下宿人を楽しませることができるのでね。そこここで会話や笑顔が交わされるだけで、ずいぶん違いますからね」

二階の踊り場を歩いていると、寝室から出てきた男性とすれ違った。

「こんにちは、ミスター・ヘザーズ」ミセス・マンローが朗らかな高い声で言った。「楽しく過ごしていらっしゃいますか?」

当然ながら、わたしはミスター・ヘザーズに会うことに特に興味を持っていた。見る限りでは少しもギャングのボスには見えない。長身痩軀で、品のある容貌といえなくもないが、とにかく表情がない。〝うつろ〟というより〝心ここにあらず〟という様子で、それが思索によるものか放心によるものか謎である。

そして応対を聞いても、その謎は深まるばかりだった、というのもミスター・ヘザーズは唸っただけだったからだ。「ふうむ」

ミセス・マンローが陽気に話しかける。「何をしているか当ててみましょうか、宝探しゲームを始めたんですね。嬉しいわ、みんなも楽しんでいますね。勝つのはあなたかしら？」

ミスター・ヘザーズは再び唸った。「ふうむ」

夫人の陽気な雰囲気に合わせていかないと自分の経歴に傷がつきかねないのを思い出して、わたしも言った。「宝探しですか、楽しそうですね？」

ミスター・ヘザーズはまた唸った。「ふうむ」

それが老人の会話能力の限界と思われ、これ以上話しかけても無駄だと感じた。ミセス・マンローが話しかける中、わたしはぼうっとしていた。ミスター・ヘザーズの無表情は犯罪者や殺人者ではないと判断する基準になるのか、それとも度重なる犯行を隠すための手立てなのか、と思案していると、夫人が肘でわたしの横腹をそっと突いて言った。「ですよね、ヘザーズさん？」

わたしは何か聞き逃したらしく、気の利いた発言を期待されていたようだった。「ヘザーズさん」と言っていたところをみると、老人に関する話題だったのだろう。わたしは「さすがですね」と言い、くすくす笑ってみせた。

それに対してもミスター・ヘザーズは「ふうむ」としか言わなかったが、それまで不満げだった夫人の表情が穏やかになったので、わたしは再びくすくす笑った。するとミスター・ヘザーズも笑い声らしきものを漏らしたようだったので、われながら上出来だと感じた。そしてミセス・マンローもわたしに満足してくれているようだった。

4

夫人とわたしは階段を下りた。玄関ホールにはミスター・ラムズボトム――いまはエプロンなし――ともうひとり男性がいた。おそらく宝探しをしているのだろうが、ペアを組んでゲームを楽しんでいるようには見えなかった。

ミセス・マンローが話しかける。「ゲームを楽しんでいらっしゃる、ミスター・ラムズボトム？

階段の上がり下りは、いい運動になるでしょう？　キティーにはもうお会いになったわね、ここのお手伝いをしてくれるのよ」

ミスター・ラムズボトムは言った。「すばらしい、とてもいいことです。あなたは働きすぎですよ、ミセス・マンロー。皆の世話を一手に引き受けて。実に篤い信仰心をお持ちだ。あなたといると嬉しいですよ」

もうひとりの男性はミスター・ラムズボトムやミスター・ヘザーズより、ずいぶんと背が低い。わたしが目を向けるとその男性は笑みを湛えていた。のちにわかるのだが、その笑みは絶えることはないものの、別に楽しいからというわけではないのだった。第一印象に騙されて、わたしもとびきりの笑みを返して場を盛り上げた。それは驚くほど効果があった。男性は駆け寄ってきて両手でわたしの右手を包み、腕がもげるほど強く振って大声で言ったのだ。「あなたに会えて本当に嬉しい。まさに掃き溜めに鶴ですな！」

その言葉にミセス・マンローが立腹するとばかり思った。ところがどっこい、夫人はくすくす笑って——わたしの笑いが伝染したのだろう——言った。「まあ、おっしゃるわね、ミスター・スパークス！　このすばらしい家を掃き溜めだなんて！」そしてわたしに向き直った。「ミスター・スパークスはいつもこうして、場を盛り上げてくれるのよ。とっても愉快な方」

5

夫人と地下のキッチンに行くまでは誰とも会わなかった。そういえば下宿人はミスター・ケントを含めて四人しかいない、とブライアンは言っていた。これでは夫人の趣旨にそぐわない少人数ではないか——世の中には無料で暮らしたいと思っている年配男性が山ほどいるだろうに、ミセス・マンローはもっと下宿させればよいものを？　そこで、ポテトの下ごしらえをしながら、パン生地を練っている夫人に向かって尋ねた。「下宿人はお会いした方々で全部ですか？」

「ミスター・ラムズボトム、ミスター・ヘザーズにミスター・スパークス。もちろん戻ってきたらミスター・ケントも。それからじきにミスター・ウィッキーが加わるわ、あなたが来てくれて余裕ができたから。ミスター・ウィッキーは南アフリカ人でイギリスに知人がいないんですって、辛いわよね。いまのところわかっているのはそれくらいなの」

「こんな大きな家で資金もたくさんおありなら、もっと下宿人を増やせるんじゃないですか？」

少し間を置いてから夫人は言った。「わたしにもわからないのよ。下宿してくれても、じきに去ってしまうの。この下宿を開いた趣旨さえ理解してくれれば、ここの暮らしに慣れてくれるはずなんだけれど。わたしが好きでしていることですもの、下宿人の方々にはずっといてもらいたいの、そのために何でもしているわ。でも数週間経つと出ていってしまうの、なんでかしらね」

下宿と下宿人については知識が乏しいものの、ミセス・マンローとはかなり接した、この時点で、わたしにはここの様子が手に取るようにわかった。それでも、気遣う態度を見せるより情報を得るほうが重要なので、こう尋ねた。「ミスター・ケントもそんな感じで出ていったんですか？」

「さあ、どうかしら。パジャマも持たず、伯父のミスター・ヘザーズにも何も言わずに行ってしまったから。いいえ、きっと——まあ、そうかもしれないけど。心配なのよ、もしミスター・ケントが戻らなかったら、ミスター・ヘザーズも出ていってしまうんじゃないかって。そうなると、ミスター・ウィッキーが来ても下宿人は三人よ。これだけ身も心もお金も捧げているのに」

夫人がいまにもパン生地に涙を落としはしないか、と思わず目を向ける。さぞ悲しいだろう、頭でっかちではあるが善意に満ちた行いが、台無しになるのだから。

だが泣き声に反して涙は出ていなかった。ミセス・マンローが話を続ける。「下宿人選びに苦労して、それで終わりなのよ、下宿人にするのは恵まれない人、孤独な人でなければね。ここに来れば、寂しい思いをしなくて済むのは確実なの、おしゃべりしたりテレビを見たり、卓球を楽しんだりして居心地よく過ごしてもらっているんだから。それでも下宿人はみじめなままなのね。少なくともわたしはそう思うことがあるの、でもどうかしら。どう思う、キティー？　まだわからないかしらね。ミスター・ラムズボトムはよく物を壊すけれど明るいわ。ミスター・ヘザーズは無口だからよくわからない。ミスター・スパークスは何も面白いことなどないのに、いつも笑っているのはどうしてかしら。この家を掃き溜めと言ったのも本気かどうか。もしそうなら、ずいぶん辛いのね」

夫人はしばらく口を閉じてから、再び話した。「キティー、皆あなたを気に入ったと思うわ、きっと。でも忘れないで」

「もちろんですとも、仲よく、でも仲よくしすぎず、ですね？」

ミセス・マンローはそれには答えずにパン生地をこねつづけていたが、急に思いついたように言った。「もっと別のゲームよ、皆をひとつにするには。宝探しより楽しいはずよ、わたしは違うけれど、あなたはどう？」

女性捜査部ホッケー・チーム主将を務めるわたしだが、正直に言うわけにもいかないし、そもそも夫人はその種のゲームを指していない。「クリスマス・パーティーの時にするようなのですか？」わたしは尋ねた。

「お気楽なのがいいわ、下宿人三人とあなたで四人ね、それならたいていのゲームができるわね？ わたしはあいにく〝ルードー〟と〝ヘビとはしご〟（どちらもすごろくに似た遊び）しか知らないし、思いつかないけれど」

わたしだってそうだ。〝郵便屋さんのノック（郵便屋と受取人に扮してキスをする遊び）〟はどうだろう？ それとも、あのゲーム――〝サーディン〟だったっけ？――男女一緒にクローゼットに入るのは。でも女性はわたしひとりか――だめだ、どれもいい提案とはいえない。それでミセス・マンローの熱意に水を差すとわかりつつも、しばらく考えてからご提案します、と答えた。

6

ポテトとパン生地の下ごしらえが終わると、ミセス・マンローは、店が閉まる前に買い物に行かなくちゃ、と出かけたので、わたしは卓球室に向かった。

掃除用具を持って中に入ると、がっかりすることに――驚きはしなかったが――卓球をしている年配男性は誰もいなかった。実際、人っ子ひとりいなかった。あちらこちらに埃が積もっているところを見ると、だいぶ長い間使われていないのは確かだ。

十五分ほど経った頃ドアがそろりと開いて、頭の先が見えた。ミスター・スパークスだ。完璧な笑みを湛えている。

「見つけましたよ！」そう言いながら入ってくる。「マリリン・マンローが出かけるのを見かけたので、きみに会えるんじゃないかと思って――運がよければふたりきりで。謝りに来たんですよ、さっき会った時に押しが強すぎたから。どうしようもなかったんです、きみにハッとしてしまって。ここのほかの人たちにはないものを、きみはすべて備えている。若さ、美貌、それに魅惑的でもある」

わたしは身構えて――相手が下心を出し始めているかもしれなかったので――きっぱりと言った。

「何をおっしゃいますか、ミスター・スパークス。そんなお世辞を」

「いいんですよ、わかってますから」老人は大きな声を出した。「悪気はないんです。つい比較してしまってね、あのジョージ・マンロー夫人とですよ。彼女は間違いなくあちら側でね。確かに美人ですが、知らん顔を決め込んでいます。ここの跡継ぎのジョージと結婚しても、義母の営む下宿と関わろうとしません。傍から見ているだけで責めるのもなんですが、とにかく、わたしが別格だと理解できる程度の賢さがあればね。ろくに目を合わせようともしませんから、どうにもこうにも」

「別格とおっしゃいますと？」

「すると、きみも気づいていないんですね？　自分では火を見るよりも明らかだと思うのですが。まったく、少なくともわたしがまともなのに対して、ほかは詐欺師でギャングですから」

「なんですって？　ミスター・ラムズボトムやミスター・ヘザーズやミスター・ケントは――ギャングなんですか？」

「いやいや。言葉の綾ですよ。わたしの知る限り、詐欺師でもないです。でも不必要にミセス・マンローにたかっていると思ってもらっていい。夫人の慈悲につけこんで利用しているんです」

「ああ、なるほど」わたしはできるだけ無邪気に言った。「じゃあスパークスさんは賄いや部屋代を払っているんですね？」

「そうしたいとは思っていますが、実入りが悪くてその余裕がないんです。一ペンスもない。年金のつかない仕事に就いていて、退職後は無一物だったから、ここに来られて本当にありがたいんです。でもほかの連中は――たかり屋に過ぎませんよ」

「それなら――」相手が気を悪くしないか気にしつつ、わたしは尋ねた。「下宿できてありがたいなら、ここを掃き溜めなどと呼んでミセス・マンローを傷つけるのは、いかがなものでしょう？」

「あの人はそんなの気にしませんよ、神経が図太いから。とにかくここは掃き溜めなんです。どんな様子か見てみればいい。みんな死ぬほど退屈していて、あの老婦人は賑やかさを押し売りしている。吐き気がしますよ。最上階の夫婦は、それに輪をかけて卑劣ときてる」

「ミスター・ケントが加わって、明るくなったのではないですか？」

「それほどでも。陽気さのかけらもないですよ、ミスター・〝ふうむ〟ヘザーズの甥だから。わたしら年寄りの役には立ちません。外出しない時は伯父の部屋か最上階にいる。何に興味を引かれているんだか見当つきませんがね」

「ジョージさんの奥さんは、とても美人ですね」

「そうかな？　わたしはもっと元気な娘《こ》のほうが好みだな、きみのような」

わたしはそそくさと話題を変えた。「ジョージさんはどんな人なんですか？」

「あまり見かけないな、人づきあいを避けているんですよ。怠け者だね、まともに働きもせず母親に頼っているんですから。つまり、たかり屋ですよ、ほかの連中と一緒で。こんな話は時間の無駄じゃないかな？　もっと実のある話をしましょう」

わたしにとっては充分実のある話なので、もっと続けたかった。

「ミスター・ケントは戻ってくると思います？」

「たぶんね？　自分ではジャーナリストといっていたかな。徹夜で働いたり地方に取材に行ったりするんでしょう。いまごろはどこか飛び回っているんじゃないですか」

「荷物も持たず、急に出ていったと聞きましたが」

「それがどうかしましたか？　新聞記者なんてそんなものでしょう？　新聞社街《フリート・ストリート》に出張用カバンを置いてあるらしい。とにかくケントの話はどうでもいいんです。どうせなら、きみの話をしましょう。ねえ、きみ、名前はキティーでしたね？」

わたしは名前と年齢を教え、年老いた母のために家事手伝いをしていた牧師館について延々と話した。用心のため、わたしに言い寄る男性をぶちのめした血の気の多い巨漢の伯父もこしらえておいたが、牧師館の話でいい具合に場が落ち着き、空想上の伯父を披露するには及ばなかった。〝ねえきみ〟と呼びはしたが、ミスター・スパークスはわたしを愉快な話し相手としてとらえていて、ぶしつけにちょっかいをかけてきたりしなかった。スパークスより色好みな下宿人がいないとしたら、ミセス・

マンローの警告は大げさ過ぎたのだろう、と思った。

7

慣れていない家事は実に疲れる。卓球室をきれいにした後はミセス・マンローと夕食を作り、皿を洗い、キッチンを片付け、翌日のための燃料を運び、やっと寝る時間になった。わたしが「おやすみなさい」と声をかけると、ミセス・マンローは言った。「あら、朝食の準備がまだよ。夜のうちにテーブルセッティングをしておくの、朝の手間を省くためにね。その後テレビを見てもらってもいいんだけれど、今日は初日だから、あまり夜更かしはよくないわ。好きな時にベッドルームへどうぞ。テーブルセッティングだけは忘れないで」

わたしは力を振り絞って陶器の皿をダイニングルームへ運んだ。なかなか女中が見つからなかった理由がわかった。キッチンが階段を十六段下りた地下にあるなんて、どうかしている。

朝食用のセッティングを終えたわたしは、最上階まで、やっとこさっとこ階段を上がった。疲労困憊していたので、クラリッサが意地悪でないよう祈った。慎ましやかにできそうにないが、揉めたくもなかった。ここは仲よくなるしかない――クラリッサは情報源として役立つはずだ。

忍び足でベッドルームに向かうと、バスルームから出てきたクラリッサに声をかけられた。パジャマの上にナイトガウンを着ている。

夫人といた時とまったく違う口調でクラリッサは言った。「お帰り。今日は疲れたでしょう？　ずいぶんこき使われたんじゃない。床に就く前にお茶かミルクでもいかが」

わたしは、ぜひ、と応えてキッチンに入った。

クラリッサが口を開く。「さっきは少し無作法だったかしら、ごめんなさいね。義母《はは》が苦手なのよ。いつも誤解されるから。残念だわ、義母はとても無邪気でいい人だけど、妙な人たちに親切にして。それに義母が身銭を切って尽くしているこの下宿を、時間と労力をかけて手伝うよう、わたしたちに期待するんだから」

ここの状況を実に端的に示している。わたしは尋ねた。「ミセス・マンローの努力は報われないと思っているんですか？」

「階下のろくでもない年寄り相手に？　連中を幸せにするとか何とか？　できるわけないじゃない。ここに来るのは、たかり屋ばっかり。みんなして義母を利用しているの。連中が幸せだから何だっていうの？　自分で幸せになれない連中を、他人が幸せにできるわけないわ」

「奥様は、下宿人が定着しないと嘆いていました。今度はミスター・ケントが出ていったと思っておられます――ところで、その方もたかり屋でひどい人なんですか？」

鋭い視線で射抜かれる――これがミスター・スパークスがあちら側と呼んでいた表情だろう。クラリッサは言った。「あなた少し立ち入り過ぎじゃない？」

切り抜けるにはただひとつ――無知だ。わたしは言った。「まあ、言葉を間違えてしまいました。牧師館で育って世間知らずなものですから、確かさっき――下宿人を『ろくでもない年寄り』と呼んで、たかり屋ばかりここに来る、とおっしゃいましたね。それでつい、ミスター・ケントも同じだと考えていらっしゃるのかと思って。ミスター・ケントはほかの方々とずいぶん違うと聞いているものですから」

「そうね、そのとおりよ。確かにケントは――違うわ」

わたしはさらに続けた。「すごくいい方だとか」

「まあ、そう言えるわね」

「じゃあ、早く帰ってくるといいですね――ミセス・マンローのためにも。すぐ戻ってくると思われますか?」

「そうだといいけど。男性が二、三日部屋を空けたからって騒ぐ必要ないわよ。義母が大騒ぎする理由がわからないわ。じき帰ってくるでしょう」

「ええ、そうだといいですね」

自分の部屋に入った時、まだジョージに会っていないと気づいた。妻より早く床に就いたのだろう。わたしたちの会話は聞こえただろうか、そしてわたしと同様に、クラリッサがミスター・ケントをかなり気に入っている、と結論づけただろうか。

8

幸い、早朝勤務に備えての早起きには慣れている。翌朝はちょうどよい時に階下へ行き、ミセス・マンローが姿を見せる前にきびきびと立ち働いた。掃き掃除を済ませ、いくつかの居間のカーテンを開け、火をおこす準備をして朝食作りに備えた。夫人ひとりで切り盛りしていた時は下宿人各自でベッドを整えてもらっていたそうだが、いまはわたしがいる。夫人のベッドも整えてくれとは言われなかったが、下宿人の分は頼まれた。わたしが朝食を済ませた頃、一同は玄関ホールに来るのだろう。

朝食は昨晩の夕食と同様にキッチンでとった。食事をしながらベッドを整える部屋を数える。下宿人のいる三部屋とわたしの寝室。ジョージ夫妻のために働く必要がないのはよしとしても、署で働いていたほうがよっぽど楽だ、とようやく気づいた。

一階に上がろうとすると、キッチンに下りてきたミセス・マンローがきびきびと言った。「さあ手伝ってちょうだい、これは昼食用のジャガイモとキャベツ。その後はベッドメイク、そして玄関ホールよ。毎朝変えるのを忘れないで。下宿人は自分ではしません。でも金曜日と日曜日はしないでね、縁起が悪いから」

察しのよい相手ならこのような話し方でかまわないだろうが、その朝のわたしはそうではなかったので、立ったまま、ぽかんと口を開けた。

夫人が大声を出す。「何を突っ立ってるの。卓球室の火はおこした？　下宿人が卓球をするかもしれないから一番重要なのよ。いままではしていないようだけど、そのうちするはずだから、備えてね。わたしたちがだらけたら全部めちゃくちゃになってしまうの。くれぐれも変えるのを忘れないでね」

わたしは尋ねた。「ミセス・マンロー、変える、というのは？」

「もちろんマットレスの向きよ、毎朝ね。スプリングのために。寝心地も悪くなるし傷んでしまうの、傷むと大変。ジャガイモはあの箱の中よ」

こき使われるとクラリッサが言っていたとおりだ、とわたしは思い始めていた。だが、今朝の夫人は何らかの原因でいつもより機嫌が悪い、とほどなく気づいた。話を聞いているうちに、原因がミスター・ヘザーズにあるとわかった。

「ミスター・ヘザーズがひどく落ち込んでいてね、朝は食事にも下りてこなかったの。甥御さんだけでなく、息子さんにも何かあったのかもしれないわ。今朝届いた手紙は誰からだったのかしら。目覚めのお茶を持っていった時に一緒にお渡ししたのに、開封しなかったの。差出人を知りたくてしばらくいたんだけど、何もおっしゃらなかったわ。わたしもお節介よね、ミスター・ケントは戻ってくるかしら、気がついたら戻っていたりして。そうすれば、出ていった理由もわかるでしょうに。ミスター・ヘザーズもお気の毒だこと。部屋に閉じこもって、一階にいるほかの人たちと交流もしないのよ、何とかしなくちゃね。あの手紙が原因なのよ、心配だわ。ほかの下宿人にとってもよくないでしょ、ミスター・ヘザーズが落ち込んでいると知ったら」

これまでの下宿人の様子を見ていた限りでは、そうとは思えなかったので、わたしは尋ねた。「あの、皆さんで気遣い合っているとお思いなんですか?」

ミセス・マンローは叱るように言った。「ええ、人として当然のことです。ミスター・スパークスは今朝ウィットに富んでいなくて口数も少なかったから、何か気にかかっているんだわ。食事の時も皆ほとんど無言だったから、心配しているのよ。誰かが姿を消して、さらに誰かがいなくなったら恐ろしいわ。ミスター・ヘザーズが受け取った手紙について話してくれないなら、わたしどうしたらいいのかしら?」

「もともとミスター・ヘザーズは無口だ、と伺いましたが」

夫人が切り返す。「必要とあれば話せるのよ。来た当初は、ほかの方々みたいによくお話ししてくれたのに、だんだん口数が減って。まるで病状が悪化するみたいにね、それでわたしは心配なの。気にかけていることがあると本当に困ってしまうでしょう。ミスター・ヘザーズはミスター・ケントには話していたから、それを又聞きしていたんだけど、わたしも含めて甥御さん以外には何も話さないの」

ミスター・ヘザーズと話して、もっと探りを入れたかったわたしにとっては、絶好のチャンスに思えた。

わたしは言った。「何かお手伝いできることはありませんか？　その手紙の内容を知る以外で、ミスター・ヘザーズを元気づけるために。わたしとは、ほぼ初対面ですから却っていいのでは？　来た当初は話をしていたんですよね、ここに知り合いがいなかった頃は。それなら、来たばかりのわたしとは話すかもしれません」

夫人は少し考えてから言った。「あら、そう思う？　それにミスター・ヘザーズのお部屋に行った時にベッドメイクもできるわね。くれぐれも質問はしないように、お嫌いなのよ、甥御さんについて訊かれるのが。行ってベッドを整えて、話すかどうか確かめて」

ベッドを整えられるかどうかは疑わしかった、というのも朝食に下りてこないのならベッドの中にまだいるだろうから、マットレスの向きを変えますので一度起きてください、と頼んだ後で、会話が弾むとは思えなかったからだ。

だがそれは杞憂に終わった。すでにミスター・ヘザーズは起きて着替えを済ませ、ベッドも整えて、ソリテール（盤上のマス目に一目だけ空所を残して玉などを置き、空所に隣り合う玉を飛び越し順次取り去っていくひとり遊び）に興じていた。

わたしがドアを開けると、老人はゲームに夢中だったのが恥ずかしかったのか、身を乗り出して盤を隠すようにした。気働きのできる女中ならば適当にやり過ごすところだろうが、この部屋でしばらく言葉を交わすためには、ベッドを整えるだけでは難しい。わたしはこう切り出した。「まあ、きれいなビー玉！　ぜんぶマス目にはまっているんですね。どうやって遊ぶんですか？」

ミスター・ヘザーズは言った。「ふうむ」わたしは身を乗り出してビー玉を四個つまみ上げ、ためつすがめつしてから――床に落とした。前屈みになってビー玉を拾うミスター・ヘザーズを手伝う。というより、老人の手の届かないところまで転がしたのだ。ふたりでビー玉を拾いながら、互いの頭がわざとぶつかるようにした。わたしは床にくずおれて、老人のせいで痛い目に遭ったと思われるように頭をさすった。ミスター・ヘザーズは言った。「ふうむ、これはすまない」

痛がっている演技が功を奏して、老人は気遣いを見せた。「ふうむ」の言い方が心配そうなだけでなく、「すまない」「わたしのせいだ」と言ったようだったので、幸先がよかった。

わたしは言った。「心許ないご様子ですね。甥御さんがいなくて、さぞご心配でしょう？」

ミスター・ヘザーズは言った。「ふうむ。いなくなったと誰が言った？　甥はしばらく部屋を空けているだけだ」

「まあ、そうなんですか？　すぐ戻ってくるとお思いなんですね？」

「ふうむ。そう聞いている」

「ミセス・マンローにそうお伝えしていいですか？　きっと安心なさるはずです。甥御さんが戻らないのを心配していましたから」

「ああ、いいとも。ミセス・マンローが気を揉むには及ばない。わしはどうしても――」

老人が急に口を閉じたので、わたしは気の毒に思った。「あなたは気を揉んでいらっしゃるんですか？」

「そのとおりじゃ」普通に答えてしまったと気づいたらしく、こう続けた。「ふうむ。ふうむ。きみはなぜここに来た？」

ベッドメイクをしてくるよう言われた、とわたしは答えた。

ミスター・ヘザーズは言った。「ふうむ。それは自分で済ませた」

そして、こちらに背を向けてソリテールの続きを始めた。老人としては、これで会話は終わりだということなのだろう。

9

ミセス・マンローの中でわたしの株が上がったらしい。ミスター・ケントが早晩戻るという情報を入手できておおいに喜び、これからはキッチンではなくダイニングルームで食事をとりなさい、と格上げしてくれた。わたしとしてはミスター・ヘザーズとの会話にあまり収穫はなかったが、少なくとも下宿人と日に三回会える機会を得たのである。

わたしは玄関ホールの掃除に取りかかった。ビクトリア朝の大きなエントランスなので時間がかかる。半分ほど終わった頃に、夫人が大きなかごを持ってせわしない様子でやってきた。買い物に行くと言い、優秀な女中の仕事ぶりを褒めてから、こう続けた。その後は野菜をお願い、それにね。

夫人が出かけて十分もしないうちに玄関ドアの錠の開く音がして、若い男性が入ってきた。謎に満ちたミスター・ケントにようやく会えた、と興奮したが、相手は人の命を奪うというより、人生を謳歌するタイプに見えた。

男性はこちらに目をやって立ち止まった。「新しい女中かい?」

「はい。キティーといいます」戻ってきたばかりなのに、新入りがいると知っているのが不思議だった。

「前の人よりましだね。見た目がいい――かなりましだ」

「恐れ入ります」ビクトリア朝の雰囲気にのまれたのかもしれないが、ちょこんとお辞儀するか、左足を引いて膝を曲げて会釈をする必要を感じた。

男性は言った。「大げさだな、男なら一目でわかるよ」

怪しげな雰囲気から逃れたかったし、相手も帰宅を伯父に伝えたいだろうと思ったので、わたしは言った。「ミセス・マンローは外出中です」

「へえ、そうなの?」男性が玄関ホールに入ってきたので、てっきりそのまま階段を上がって伯父に会いにいくのかと思った。だが代わりにダイニングルームのドアを開けて中を確かめると、こちらを向いて言った。「ちょっと一緒に来て」

ビクトリア朝の若い女性なら膝を屈めたお辞儀をしつつも――あくまでわたしの想像だが――初対面の男性と部屋でふたりきりになったりはしないだろう。でもわたしはその時代の女性ではないし――喉から手が出るほどミスター・ケントについて知りたかったので、ぞうきんを置いてついていった。

男性は言った。「きみほどきれいな人に会ったのは初めてだ」

万が一に備え、わたしは密かに格闘技のかまえを取った。「まあ、ミスター・ケント、お戯れを」

「ケント?　ぼくはジョージ・マンローだよ」

10

　わたしは叫んだ。「あら！　とんだ勘違いを」

「がっかりしてないよな？　ケントなんかよりずっとましだよ、奴は哀れな男さ。でも奴なんかどうでもいい、ぼくとここにいるんだから。ご丁寧におふくろがいないと教えてくれたよね。それともかみさんのことかな？　ひょっとして、ふたりとも？　とにかくいまはぼくとふたりきりだ、ケントなんてどうでもいいじゃないか」

　わたしは――少なくとも――唇を奪われるかと思った。誤解されたのだ。さっき「ミセス・マンローは外出中です」とわたしが言ったのを、ふたりきりになれる状況を望んで明言したと勘違いされた。間違いが起きる前にはっきりさせておかなければ。

「奥様が外出中だとお伝えしたのは、あなたがミスター・ケントで、奥様に会いたがるだろうと思ったからです」

「なんだって？　いったいどっちのことを言ってるんだ――おふくろか、かみさんか？」

「もちろん、お母様のほうです」そしてすばやく付け加えた。「ちょっとお買い物に行っただけなので、もうすぐ戻ってきますよ」

「この場を見られたらきみはクビになるって？　それが怖いのかい？　わかったよ、キティー、そんなに心配なら次の機会にしよう。おふくろとかみさんを監視し続けてくれよ？」

　わたしは推理した――まったく、考慮することがいくつもある。まずジョージはかなり自己中心的だ。わたしがふたりきりになりたがっていないとは、露ほども思っていない。次に――すぐに計画変更したところをみると――ジョージは母親を怖がっている。そして第三に、ちょっかいをかける人がいると夫人に警告された時、てっきり下宿人を指していると思っていたが、そうではなかったのだ。ミセス・マンローは息子の手癖の悪さにほとほと手を焼いているのだろう。

ジョージはドアノブに手をかけて、わたしのためにドアを開けてくれていた。つい近くを通り過ぎると相手の顔が迫ってきたので慌てて退いてかわしたら、相手の鼻がわたしの耳に当たった。

この不完全燃焼がジョージをさらに焚きつけたりしないよう、わたしは願った。次はもっと警戒しようと心に決める――何としても避けなくては。

11

何とか――〝純潔を守りつつ〟――逃げおおせたわたしは、玄関ホールの掃除は終わったと判断してキッチンへ下りた。ほどなく夫人がかごをいっぱいにして戻ってきたので、一緒に夕食の下ごしらえにかかった。一時間ほどでおおかた終わると、ミセス・マンローは夕食のセッティングをするためダイニングルームに行き、わたしは火加減を見守る役目でキッチンに残った。

いまこそ待望の休憩時間とばかりにわたしは休息した。玄関ドアのベルの鳴る音がしたが、ミセス・マンローのほうが近くにいるので、わたしがわざわざ地下から上がっていくまでもないと思った。家事をしていると、驚くほどすぐに手を抜く方法を見つける。

するとキッチンのドアが開き、例の小さなエプロンをつけてミスター・ラムズボトムが入ってきた。

「夕方の手伝いに来ました」老人は陽気に言った。「いま使っている深鍋や平鍋は全部──わたしが洗いますよ。そうすればミセス・マンローの夕食の片付けの時間が省けて助かるでしょう?」

ミスター・ラムズボトムはコンロの平鍋を持つと、何をするつもりかわたしが気づくより早く、鍋の中身を捨てた。

「なんてことを!」わたしは叫んだ。「今夜のスープだったのに」

「そうでしたか? 濁った水だとばかり思いました。ともかく、もう中身はないので洗ったほうがいいですね」

ひとしきり鍋を洗うと、老人は言った。「調子はどうです? だいぶ揉まれましたか? 下宿人をどう思います?」

「まだほとんどわかっていないんです。風変わりな仕組みのようですね。それはそうと、ミスター・ケントが戻ったら嬉しいでしょう?」

「戻ってきたら? どうでもいいですね、わたしは気難しくないんで。でもケントはここになじんでいませんでした。そもそも〝なじんで〟る人などいませんが、ここは恨み妬みが多いですから。嘆かわしいものです」

「ミスター・ケントがなじまなかったのは、飛びぬけて若かったからだ、とおっしゃるんですか?」

「それもありますし、ほかにもね」ミスター・ラムズボトムは言った。「ヘザーズとスパークスとわたしは〝お迎えがくるのを待っている〟口ですが、ミスター・ケントは前途洋々です」

ちょうどその時ミセス・マンローが入ってきた。何食わぬ顔でわたしとおしゃべりを続けるミスター・ラムズボトムに不安そうな視線を向けてから、夫人は言った。「ベルが聞こえなかったかしら、キティー？　あなたが来なかったから、仕方なくわたしが応対に出ました。ミスター・ウィッキーのご友人が会いにいらしたのよ。とてもよさそうな方なのに悲しげな表情だったから、孤独なんでしょうね。ミスター・バーマンとおっしゃったわ。ミスター・ウィッキーにぴったりな方。ミスター・ケントが戻ってくる頃には下宿人が五人になっているかしら」

12

わたしは応対に出なかった幸運に感謝した。混乱しつつも頭の中を整理し、バーマン警部がウィッキーを探して事件の火種を消そうとしている、と判断した。ウィッキーを訪ねてきたのは、強盗や銀行襲撃の情報を得るためだろう。少なくともこのストレトフィールド・ロッジが事件に関わると覚えていた。

もしわたしが応対に出ていたら、警部はひどく立腹しただろう。そして冷静になったら、わたしの直属の上司に報告し、その結果わたしは処分を受ける羽目になったかもしれない。警部がまた来る可能性はある……

考え込んでいるとミセス・マンローの声が聞こえた。「卓球室について話したらずいぶん興味がありそうだったから、きっと経験があるのね、すばらしいわ。ひょっとしたら、ほかの方々に教えてくれるかもしれない。ミスター・ウィッキーに会いに改めて来るとおっしゃっていたから、その時に頼めるわね。わたしが外出中にあの方がいらしたら、キティー、お望みどおりに取り計らわないといけなくてよ。あの方が孤独ならば、だけれど、わたしには確信があるの」

夫人はミスター・ラムズボトムのほうを向いた。「せっかくですけれど、ここはキティーに任せて大丈夫ですよ。火を通しすぎたものもなさそうだわ。そういえばミスター・ヘザーズはいつもより元気そうだったし。あら、なんで来たんだったかしら？　そうそう、食卓用の塩入れや何やらだったわ」

夫人がせわしげに出てゆく。ミスター・ラムズボトムは言った。「元気なミセス・マンローはいいですね。なんてひたむきな女性なんでしょう、地の塩だ。助けを求める人が来れば快く手を差し伸べる。訪問した男の名をなんて言っていましたっけ？」

「ウィッキーですか？　それともウィッキーに会いにきたミスター・バーマンのことですか？　どちらかと面識がありますか？」

「どちらも聞き覚えがありませんね。これまであらゆる階級や職業の人たちと会ってきましたが。バーマンとおっしゃいましたか？　いや、知らないな」

わたしは新たな問題に気をとられていたものの、さらなる情報を得る機会をみすみす逃すつもりはなかった。「どうやってそんな大勢の人たちと会っていたんです、ミスター・ラムズボトム？　どんなお仕事を？」

老人は急にテーブルの上で腕を振り払うようにしたので、タンブラーが床に落ちた。老人は黙ってかけらを拾っていたが、しばらくして口を開いた。「知られたくないんです、ここでは何の役にも立たないから。でもあなたを気に入りましたし、わかってもらえる気がします。きっと、わたしの秘密を守ってくれるでしょう」

「あの、わたし口は堅いです。ほかの方々には話しません」

「そうでしょうとも。信頼できる相手はいつだってわかるものです。実はですね、以前は上級聖職《ホーリー・オーダーズ》の立場でした。三十年前の話です。ちょっとした騒ぎがありまして――少しも非がなかったのに、実に不当に扱われました。いつかお話しする日もあるでしょう。そうしたら、いかにわたしが卑劣な目に遭わされたかわかるはずです。そんな次第でして、いまできるのは人助けを心がけるくらいです。わたしは――」

ちょうどその時に玄関ドアのベルが再び鳴った。バーマン警部がそんなに早く戻ってきた理由がわからなかったが、応対に出る勇気はなかったので、あたかもベルが聞こえなかったかのように、ミスター・ラムズボトムとの会話を続けた。「ええ、そうでしょうとも。その過去のせいで、駆り立てられているんですね――奉仕することに。その後、仕事選びに影響はありましたか？　どうやって暮らしてこられたんです？」

「実に、実に困難でしたよ。飢え死にしそうな時もありました。その日暮らしでしたね」

それ以上話したくなかったらしく、少ししてキッチンから出ていった。その直後に夫人が興奮した様子で入ってきた。

「待ち人きたる！」ミセス・マンローが叫ぶ。「いま部屋にいるの、すばらしいでしょう？　もうすぐふたり増えるから、六人になるわね。今後、誰かが出ていかない限り。キティー、一階の空いている部屋にシーツと枕カバーとタオルをお願い。それに加熱乾燥用戸棚《エアリング・カボード》（衣類を入れて乾燥させるために、湯のタンクを入れたりスチーム・パイプを通したりした衣装戸棚）用にお湯のタンクも。ぞうきんも持っていって気がついたところを拭いてね、明日ちゃんとするから、ざっとでいいわ。さあ急いで、食事に遅れちゃだめよ、それにね」

わたしは必死で階段を上がった。いまベルを鳴らしたのはジョージ・マンローでも、バーマン警部でもない。ケントが戻ったと報告書を出すべきだが、この隠密行動について告げることなく伝える手段がいまは思い浮かばない。とにかく問題を棚上げしておいた。

一階にベッドルームがあるとは知らなかったが、閉じたきりのドアがふたつあった。加熱乾燥用戸棚《エアリング・カボード》からシーツなどを取って近い方のドアを開ける。中は確かにベッドルームだったが、ミスター・ケントはいなかったので、部屋を間違えたのかと思い、もうひとつのドアを開けた。

部屋の中にいた男性はこびとのようだった。そして若くは見えない。

わたしはドア口でいったん立ち止まって声をかけた。「あの、ミスター・ケントではないですね？」

「ケントですって？」男性は繰り返した。「まさか！　とんでもない。わたしはジョー・ウィッキーといいます」

第五章　ベッドでの死

1

わたしは気を取り直して言った。「そうでしょうとも。ミセス・マンローから伺っています。ここがお気に召すといいのですが」

「わが家のようにのんびりできると聞いています。実に寛げて、とにかく部屋もよいそうですね。それで下宿人がいい人たちなら何よりです。どんな人たちです?」

わたしはシーツをベッドに敷きながら言った。「誰かとお会いになったのでは? ここにいらっしゃるのはミスター・ヘザーズ、ミスター・スパークス、ミスター・ラムズボトムにミスター・ケントです」

「いや、そもそも面識がありませんからね?」

それこそわたしが知りたかった点だが、相手が明らかにはぐらかしているので、こう続けた。「ここに来られる方は皆、どなたかの紹介があると思ったものですから」

「わたしは違うな」ミスター・ウィッキーは言った。「ここについて聞いただけです。ところで下宿人はどんな感じですか？」

「働き始めてから日が浅いので、なんとも」

ミスター・ウィッキーは呻いた。「隣は誰の部屋なんです？」

「いまは使われていません。ミスター・ケントのお部屋だと思います」

「さっき、その人と勘違いしたんですね？」

「しばらく外出していますが、じきに戻るそうです。だからベッドを整えるよう言われた時、てっきりミスター・ケントのためかと思ってしまいまして」

「わたしとその人、どちらのためにベッドメイクしているんです？」

「もちろん、ミスター・ウィッキーのために。ミスター・ケントの分は、お戻りになってからしますから」

「オーケー、それはいい」

数分後に部屋を出る時に気づいたが、ミスター・ウィッキーは手袋をしていた。バーマン警部を訪ねた時と同じだ。

2

ミスター・ウィッキーは夕食時には手袋を外していた。

ミセス・マンローがテーブルの席について言った。「新しい仲間を迎えられて、すばらしいですね。きっと皆さんも気に入るでしょう。南アフリカについて聞かせてくださるはずよ」

夫人はすでにウィッキーを下宿人たちに紹介していた。下宿人たちが新入りを見るまなざしは、群れの中で餌の分け前を競っている犬の中に、新たな仔犬が加わった時のそれのようだ。それとも老人たちは恥ずかしがり屋なのか。

ミスター・ラムズボトムが沈黙を破る。

「ああ、それこそ皆が興味を持つ話題ですね。大歓迎です、ありがたい。平凡な日常からの気分転換になりますから」

わたしはミセス・マンローの前にパイを置いた。

「あら違うわ、キティー。スープが先ですよ。新しいレシピでとてもおいしそうなの。いただくのが楽しみだわ」

キッチンでばたばたしていたので、夫人への報告をうっかり忘れていた。「ちょっとした手違いがありまして、処分してしまいました」

夫人は即座に両眉を上げてミスター・ラムズボトムに視線をやった。「まあ、万事首尾よく進めたかったのよ。本当にそう願っていました」それから声の硬さを必死に抑えた。「手違いですものね、確かに」

夫人はミスター・ウィッキーのほうを向いた。「ミスター・ラムズボトムはキッチンでよく手伝ってくださるし、ミスター・スパークスは機知に富んでいて、皆を楽しませてくれるんです。そしてミスター・ヘザーズはとても風格がおありなの。それぞれ役割があるのね、皆で幸せであるように。だから、あなたが南アフリカからいらしたと伺って、とびきり嬉しかったんですよ、楽しくて意外なお話をたくさんしていただけると思って。どうか聞かせてくださいね。食事中なら消化にもいいはずですよ、愉快な心持ちになりますもの」

面白い南アフリカの話を披露するそぶりをウィッキーが露ほども見せなかったので、楽しさの源はミセス・マンローにならざるを得なかった。夫人はおしゃべりを続けた。「それに食後にはテレビ鑑賞ですね、とても滑稽でウィットに富んでいて楽しいの。それからゲーム、皆でわいわい賑やかに。キティーが案内いたしますわ」

夫人からの依頼をすっかり忘れていたわたしは、何とかしなければと思った。というのも、いかに茶番であっても夫人が場を盛り上げようとこれほど苦心しているのだから、任せきりするのは公平ではない、と思ったからだ。それゆえ、子供時代のパーティーを思い出せるかどうかでわたしの頭の中はいっぱいになった――と、驚いたことに、急にミスター・ヘザーズが発言した。いつもより大きな声だ。「ふうむ。不快きわまる!」

調理の時キャベツについていた虫でも見落としていたか、とわたしは思ったが、そうではなかった。ミスター・ヘザーズの視線はウィッキーに向けられている。「イヌ食いだ。パンをグレービーソースにつけて食べておる。不愉快だ。ふうむ」

ミセス・マンローは赤面し、狼狽して言った。「まあ、確かに。作った甲斐があるというものです。お国によっては、それこそ南アフリカでは、そういった食べ方をしますものね」

「そのとおりです」ミスター・ラムズボトムは言った。「名案ですよ、グレービーがこんなにおいしいんですから。わたしも真似してみよう」

それらのやりとりを無視してミスター・ヘザーズは言った。「紳士としてのたしなみがある人物を期待しておったが。ふうむ。どこから来た、ん? どこかのスラム街か?」

「まあ、とんでもない」ひどく動揺してミセス・マンローが叫んだ。「ミスター・ウィッキーはヨハネスブルグからいらしたダイヤモンド商人なんです。とてもご立派でね」

「現地人の食べ方が移ったと見える」ヘザーズはうなった。「次は手づかみで食べるぞ」

するとと夫人は果敢にも話題を変えようとしてミスター・ウィッキーのほうを向いた。当の本人は一言も発することなくパンをグレービーに浸しては食べ、さらにパンに手を伸ばしている。夫人は〝陽気な〟口調で、いくぶんあえぎながら言った。「あらミスター・ウィッキー、お伝えするのを忘れていました。今日お友達が見えたんですよ、とても会いたがっていましてね。バーマンとおっしゃっていたわ、また改めていらっしゃるそうですよ」

グレービーをすくう手がぴたりと止まる。ウィッキーは言った。「バーマン？　用件を言っていましたか？」

「いいえ。でも、とてもいい方。気さくで礼儀正しくて」

ミセス・マンローはミスター・ヘザーズをじっと見た。「本当によかったわ。ここの下宿人の中に顔の広い方がいるのがわかって」

3

ミスター・ヘザーズはそのあと口を閉ざした。夕食が終わると皆散り散りになった。ミスター・ヘザーズは自室に戻り、ミスター・ラムズボトムは小さなエプロンをつけてキッチンへ向かい、彼に目を配るためにすぐ後をミセス・マンローがついてゆく。ミスター・スパークスがミスター・ウィッキーを誘ってテレビを観にいき、わたしはダイニングテーブルの片付けをした。

食器類を載せたトレーを持って玄関ホールに出た時、ミスター・ウィッキーの部屋の半開きになったドアから、灯りが漏れているのに気づいた。彼が不在と知っていたし、苦労性の夫人の役に立ちたかったので、トレーを置きにいったら灯りを消しにいこう、とわたしは思った。だが一分後にはそれを忘れてしまった、というのも、ジョージを従えてクラリッサが階段を下りてきたからだ。「あら、こんばんは、キティー」と彼女は声をかけてくれたが、ジョージは面識がないかのように無言で通り過ぎた。きっと家を出てから、あの妙な身なりの娘は新しい女中か、と妻に訊くのだろう。それでもかまわない。むしろ小気味よかった。男性が妻に秘密にする存在となるのは、初めてだった。

4

午前二時に眠りから覚めた。なぜ目覚めたのか気づくまで、そう時間はかからなかった。わたしの良心がそうさせたのだ。

バーマン警部が探していたウィッキーを見つけた。そして警官としてもっとも優先すべき発見報告を速やかに行う代わりに、ミセス・マンローに頼まれた家事を行って夜を過ごし、寝床に入った。良心の呵責を感じなければ、一晩中寝て、無為に朝を過ごすところだ。

気が咎めながらも、善は急げだと思い至った。それに、この時間なら誰にも聞かれずに電話をかけられる。ブライアンに電話しよう、そうすれば朝バーマンに報告してもらえる。

ベッドから出てナイトガウンを着ると名案が浮かんだ。ブライアンに報告してそれがバーマンに伝われば、ストレトフィールド・ロッジで〝なりすまし〟（バーマン警部お気に入りの言葉）をしているのが知られ、わたしは本署に召喚されるはずだ――この冒険も急遽中止となり、曽祖父から続く警察官のキャリアも終わりを告げる。でもなぜわたしが？　わたしの辞職はブライアンにすら伝わるまい。電話ボックスから電話しているのだけど持ち場を巡回中にウィッキーを見かけた、と報告してはいけないだろうか？　そうすれば問題にもならない。

もちろん、愛する人を欺くような真似をすべきではない。だが後で理由を説明すればブライアンはきっとわかってくれるはずだ。これは名案だ――まさにひらめきだ。

ジョージとクラリッサを起こさないように気をつけなければならない。誰かを驚かせる時に静かに近寄るのは、署でしょっちゅう行っているから、これはその応用編だ。見つかることなくドアから出ると、目の前は真っ暗な通路だった。

懐中電灯を持ってくればよかった、と後悔する。片手で壁をなぞりながら進んで階段に向かい、一段ずつ下りた。二階のミスター・ヘザーズの部屋の前を通り過ぎ、続けてミスター・スパークス、ミスター・ラムズボトム、ミセス・マンローの部屋の前を通って一階に下りる。

そこでまず気づいたのは――驚いたのなんの――ミスター・ウィッキーの部屋の灯りが点いていたことだ。まだ点いている。昨夜それに気づいて消そうとしたのを思い出した。ちょうどジョージとクラリッサが下りてきて外出した時だった。だが六時間も前のことだ。それまでにウィッキーは床に就いたに違いない。その上ドアはさらに開いている――夕食後に見かけた時には少しだった。ウィッキーは部屋に戻ったに違いない。ベッドの中で読書でもしているのだろう。金庫破りにそのような習慣があるとは聞いたことがないが、ない話でもあるまい。

常習犯は足音が近づいてくると、それが忍び足であっても気づくのではないか。ウィッキーが起きていたら、開いたドアの前を通り過ぎるわたしに気づくだろう。どこへ行くのか、とウィッキーに声をかけられたり、出てこられたりしては困る。そこでわたしは立ち止まり、いびきが聞こえないか耳を澄ませた。

ただ沈黙のみ。

その時――うまく説明できないが、その沈黙は音がしないというだけではなく、その中に何かが、恐れるにたる何かがある、と感じた。

忍び足でさらに近づいてドア口で立ち止まったが、何も聞こえない。

確かベッドはドアのすぐ近くにあったから、ここから数フィートしかないはずだ。なのに何も聞こえず……息遣いすらしない。

にわかに恐怖に襲われそうになる。

そしてその気持ちを抑えた。警官たるもの、いかなる状況でも気が動転してはならない。なぜこれほど静かなのか確かめなければ――あるいは、ただの思い込みか。

ドアを少し押してみる。蝶番が軋む――沈黙を切り裂くような音だ。聞こえたら寝ていても目を覚ますはずなのに、室内から何の音もしない。

そこで灯りのついている室内をドアの隙間から覗いた。ベッドの半分を覆うようにあおむけで寝ている男性がいる。顔は血だらけで、枕やカーペットにも血がついている。ジョー・ウィッキーだ。すでにこと切れている。一目でわかった。

ベッドのそばに火かき棒が転がっている。

第六章　バーマン警部登場

1

悲鳴は上げなかった――これまでの経験の成果だ。ミセス・マンローにすぐ知らせもしなかった。代わりに玄関ホールの電話機に向かう――満を持して。だが、かける相手はブライアンではない。バーマン警部の自宅の番号を調べて電話をかけた。

寝ているとばかり思っていたが、応対に出た声は予想に反して張りがあった。「バーマンです」

「キティー・パルグレーヴです」声が思いのほか震える。

「誰です？　どちらにおかけですか？」

わたしは気を引き締めた。「女性捜査部巡査のキティー・パルグレーヴです」

「ああ」沈黙が下りた。わたしにまつわる褒められたものではない事象を、警部がことごとく思い出しているのが、手に取るようにわかる。それから――「それで？　どうした？」

「ジョー・ウィッキーを発見しました。死亡しています――謀殺です」

「どこから電話をかけている？」

ほどなく恐れていたことが起こるはずだ。「ストレトフィールド・ロッジからです」

「ちょっと待て。話を整理しよう。巡回している時にストレトフィールド・ロッジの前で遺体を発見して、それがジョー・ウィッキーだと確認したのか？　そうなのか？」

「いいえ、警部。ロッジに滞在中のウィッキーが今夜ベッドで殺害されました」

「なるほど。それできみは、どうやってそれを知った？」

「発見したんです、五分前に」

もちろんそれで済むわけはない、修羅場は間近だ。わたしは急いで付け加えた。「実は休暇を一週間取得しまして、ここの家主のもとで家事を手伝っています。ウィッキーのロッジ到着を報告しようと一階に来たら、遺体を見つけた次第です」

警部が再び言った。「なるほど」その声は実に冷ややかだったが、急にきびきびした口調に戻った。

「わかった、十分で行く。到着したら中に入れてくれ」

電話を切る音がした。

2

わたしは階段を上がりミセス・マンローの部屋に駆け込んだ。ドアをノックしている場合ではなかった。

夫人が悲鳴を上げる。「誰？　どうしたの？」

「わたしです、キティーです」

わたしは灯りを点けた。ベッドの中の夫人は小さくかよわく、さらに年老いて見えた――おそらく入れ歯を外しているせいだろう。夫人は起き直って叫んだ。「どうしたの、キティー？　何か恐ろしいことが起きたの？」

「はい」できるだけ穏便に伝えられないものかと思ったが、それは難しそうだった。

「まさか――？」夫人が声を荒げる。「あなた――？　まさか、そんな！」

「ミスター・ウィッキーが」

ミセス・マンローはいっそう驚いた様子だった。「ミスター・ウィッキーが？」夫人は繰り返した。「まさか、あんないい人なのに。もってのほかだわ？　あなたも気の毒に、なんてひどい」

口元に気づいて入れ歯をつけた夫人は、幾分元気を取り戻して、こう続けた。「あなたの寝室で？　それにしてもどうやって？　クラリッサは？」

「ミセス・マンロー、勘違いなさっています」わたしは言った。「そういうのではありません。その――一階に下りたら、ミスター・ウィッキーの部屋の灯りが点いていて物音がしなかったので、中を覗いてみると、ベッドで血まみれになっていました」

夫人はあたかも恐怖を締め出すかのごとく一瞬目をつぶった。もしくは神に祈っていたのか。そしてベッドから飛び起きるとナイトガウンをつかんだ。

「まあ！」夫人が叫ぶ。「深夜に病気なんだからドクターを呼ばないと。発作を起こしたのかしら？」

「ミセス・マンロー、ミスター・ウィッキーは亡くなりました。殺されたんです」

わたしの説明が聞こえたかどうかわからなかった。夫人はわたしの前を通り過ぎて階段を駆け下りていく。玄関ホールに着くと、灯りが漏れているドアの前で一瞬ためらい、次のドアに駆け寄った。

わたしは言った。「違います。手前側です」

「でもそこはミスター・ウィッキーのではないわ、ミスター・ケントの部屋よ。わたしが奥に案内したんですから」

「そうなんですか？　でもベッドを整えに来た時、ミスター・ウィッキーはその部屋にはいませんでした。手前の部屋にいたんです。特に問題なくベッドを整えましたけど、大事なのはそこではありません。わかりますか？　ミスター・ウィッキーは亡くなっています。何者かに命を奪われたんです」

3

ミセス・マンローがわたしに続いて部屋の中に入る。わたしが身体を支えてあげると、夫人は恐怖に打ち震えながらベッドの亡骸に目をやり、蚊の鳴くような声で言った。「亡くなっているのは確かなの？　何かできることはなくって？」

「残念ながらありませんね――何も」

「部屋が違うわ」夫人は言った。「ここはミスター・ケントの部屋よ。帰ってきた時のためにそのままにしていたの。どうしてミスター・ウィッキーがいたのかしら」

わたしは夫人を――引きずるようにして――玄関ホールへ連れ戻した。お茶を入れてきましょう、と告げてキッチンへ下りていくと、夫人も呆然とした様子でついてきたが、ぶつぶつ呟き続けている。

「部屋が違うわ。わけがわからない。ミスター・ケントの部屋のはずなのに」

わたしはベッドを整えた時のことを何度となく説明したが、夫人が納得したかどうかは疑わしかった。と、突如玄関ドアのベルが鳴った。「まあ、誰かしら？」ミセス・マンローが叫ぶ。「こんな真夜中に」

「きっと警察ですよ。通報したんです、奥様に伝える前に」

わたしは詳しい説明を避けるために階段を駆け上がって一階に行って玄関を開けると、戸口の上がり段にバーマン警部がいた。その後ろにはブライアンの姿も見える。

警部は言った。「警察です。こちらで事案が発生したようですね？」

ミセス・マンローが近づいてくる音が背後からする。わたしは言った。「はい、ウィッキーが。お話ししたように」

バーマンは言った。「待ってください。あなたが被害者を発見したんですね？」

すでに経緯は伝えてある。どう返答したものか、わかりかねた。

すると警部は言った。「ところでお名前は？」

4

思わずわたしは警部を見返した。そしてブライアンにも視線を送った。ふたりとも無表情だ。

なるほど、そう来るのなら――わたしは言った。「キティー・パルグレーヴと申します。使用人です――家事を手伝っています」

「わかりました。後でお話を訊かせてください」

急にミセス・マンローが言った。「あなたミスター・ウィッキーのご友人ね。確かミスター・バーマン、孤独な方だとお見受けしましたのよ、でもこんな時間に」夫人は少し狼狽したようだった。そしてこう続けた。「そうね、こんな時間にまさか。思いもよりませんでした。どうしてこんな真夜中に？」

「わたしは警察の者です」バーマンが言う。「ウィッキーという名の男性がここで死亡したと聞いています」

「ええ、それはもうひどい有り様。辺りが血だらけで、信じられないわ。ベッドであおむけなの、避《よ》けられなかったのね。抵抗もせずに」

警部がこちらに向き直る。「部屋へ案内してください。その後、着替えてきてくれませんか。しっかり調書を取りたいので、できれば署までご同行願いたい」

ウィッキーの亡骸のある部屋へ再び入りたくはなかったので、わたしは指でドアを指し示してから、ゆっくりと階段を上がった。最上階に着くと、物音を立てないよう気をつけるでもなく、何も考えずに灯りを点けた。

すぐに寝室からジョージの声がした。「いったい誰だ？」ベッドから飛び起きる音が聞こえ、ドアからジョージが顔を覗かせた。「ああ！　こんな夜中に何でうろついているんだ？」

「恐ろしいことが起きました。ミスター・ウィッキーが亡くなったんです」

ドアを開け、クラリッサを従えて出てきたジョージが言った。「ウィッキー？　ウィッキーって誰だ？　ここにそんな名前の奴はいないぞ？　そいつがどうしたって？」

「新しい下宿人です」わたしは説明した。「昨日の夕食の時間の少し前に入所されました。そのウィッキーさんが亡くなりました——殺されたんです」

クラリッサが叫ぶ。「まあ、そんな！　キティー、そんな芝居がかった言い方はよして。悪い夢でも見たんでしょう」

その言葉に腹が立った。身の毛もよだつ恐怖を味わったのに、夢で片付けられるとは！

「とんでもない！」わたしは嚙みついた。「悪い夢など見ていません。確かに遺体を見つけて、いま警察が来ているんですから」

「なんですって！」クラリッサが大声を上げる。「ジョージ、ちょっと階下に行って見てきたほうがいいわ。キティーの話が本当なら、お義母さんに報告しなきゃ」

「ミセス・マンローは警察に対応していらっしゃいます」わたしは言った。

「だったらなおさら、すぐに行かなくちゃ、ジョージ」

わたしが着替えている最中にもクラリッサは勝手に部屋に入ってきて、矢継ぎ早に質問を浴びせかける。階下で危機的状況にあるミセス・マンローにとっては、同じ女性の若奥様がそばにいるほうが、息子さんよりよっぽど頼りになるのではないか、と喉まで出かかった。もっとも姑と嫁が一緒にいた時の様子からすると、はたしてクラリッサが助けになるかどうかは一抹の不安がある。もしそりが合わないなら――わたしは着替えが済むと階下へ急いだ。クラリッサが後をついてくる気配はなかった。

玄関ホールは警官で混雑していた。制服の者もいれば私服の者もいる。ミセス・マンローもジョージも見当たらない。おおかたバーマン警部が夫人を持て余して別の場所に移動させたのだろう。どうやら下宿人三人は、物音に煩わされずにぐっすり寝ているらしい。

警官しかいないのだから、わたしも女中のふりをする必要がなかった。警部の目を盗んでブライアンに近づき、手に触れると握り返してくれた――そこまではよかったのだが、次の瞬間わたしは後悔した――バーマン警部が怒りを爆発させ、ブライアンは恐怖に怯えていたからだ。何もわたしは警部を恐れているわけではない。心から尊敬しているし、母のように守ってあげたくなる時もしばしばある。人に笑われそうな弱み――実に他愛ない弱点だ――を隠すためだけに虚勢を張っている、と警部自身が自覚しているのがわかるからだ。とはいえ、戦うべき相手には容赦しないので、わたしの今回の件でも、好戦的にならないとは限らない。

それに当然ながら、わたしの〝お話〟など署に行かなくても訊けるはずだったが――何らかの理由で警部がわたしを現場から外したいなら話は別だ。

不安なまま二十分ほど待たされた後、警部は姿を見せ、フライト警部補に捜査を指示し、一時間で戻ってくると告げた。それから警部とブライアンとわたしはパトカーに乗った。ブライアンが運転し、バーマンとわたしは後部座席に座った。

てっきり雷が落ちると思ったが、車内で警部に言われたのは、これだけだった。「あの女性はどうかしているのか？」

「風変わりではあります」わたしは応えた。「でも病的なものではありません。思考があちこちに飛んで――」

警部が割り込む。「『あなた、お寂しいでしょう』と何度も言ってきた。それに卓球をするかと二回も訊かれた」

的外れな言葉をかけられて、ひどく気分を害しているようだ。「卓球！」吐き捨てるように繰り返した。

とにかく宥めなければと思い、わたしは言った。「非常に嫌な思いをされたことでしょうね、警部。

でもミセス・マンローの慈善活動では、男性が寂しいか、そして卓球をしたがるかどうか、が最重要ポイントなんです。つまり――」

バーマンの目つきからすると、わたしにからかわれていると思っているようだった。

「わからないね」警部は言った。「まったくわからない。ミセス・マンローがあれで正気だというなら、どうにも先に進めようがない」

それきり警部は黙り込んでしまった。わたしには慰める術もなかった。

5

署の警部の部屋にわたしたちは落ち着いた。バーマンはブライアンに書記を頼むと、こう切り出した。「さて、ミス・パルグレーヴ、きみは許可なく身分を隠して勝手な行動をとっているようだな。例によってわたしの指揮する事案に首を突っ込み――結果として非常に複雑な事態に至らしめている」

「違うんです、警部。事態はむしろ好転しつつあります。ストレトフィールド・ロッジに滞在してまだ二日ほどですが、あの下宿に住んでいる全員を把握しています――人間関係も含めて。当然ながら皆わたしを単なる〝女中〟と思っていますから、警官だと知っていたら話さないようなことまで打ち明けてくれます。そういう意味では、警部はむしろ幸運に恵まれているんです」

「なるほど」バーマン警部は言った。「だが、はたしてわたしは〝幸運〟だっただろうか、きみの――助力を得て、ミス・パルグレーヴ。却って災難だとみなしているよ。いままでにもたびたびそうだったように」

わたしは応えた。「ええ、確かにそうお思いになるのも、もっともです。でも話を詳しく聞いていただければ、ありがたく思うこと請け合いです」

「さあどうかな」そして諦めたように、こう続けた。「これまでの行動を聞かせてもらったほうがよさそうだ。取りこぼしのないように頼む」

そこでわたしは、こうしてお伝えしている経緯を簡潔に報告した。警部がもうろくしたと感じた点は省いておいた。

じっと耳を傾けていたバーマン警部が口を開いた。「なるほど、そうか。だが、こんなばかな真似をした理由の説明がまだだな」

「その――お役に立てるかと思ったものですから」

「なるほど」バーマンはまた言った。「つまり、わたしから頼んでいないにもかかわらず、こちらがきみの助けを必要としていると思ったんだね？　そして実際、きみの勝手な行動で助かるくらいに、わたしが脳なしだとみなしているのか？　気遣ってくれて嬉しいよ、ミス・パルグレーヴ。実に気が回る」

空気が張り詰めていったので、わたしは不安に怯えつつ警部の次の言葉を待った。

「わたしも見くびられたものだな。いままでそう見られたことはなかったが――それはまあ、いい。ウィッキーが来訪して以来、わたしとその部下が昼夜問わず捜査に当たっている内容に興味が湧いたのだろう。プレッシャーがかかって辛かった、とアーミテージ巡査が後々《のちのち》きみに嬉々として報告するのが目に浮かぶ。ウィッキーが仲間と何か企んでいる場合も考慮して警戒していたが、奴が口にしていた、ケントが殺されるという点が真実である可能性も視野に入れていた。ウィッキーの足取りをつかめずにいたが、それなりに調査は進んだ。もっともケントについてはたどれず、ヘザーズという犯罪者についてもつかめずにいた。だが最善は尽くしてきた。要するにだ、ミス・パルグレーヴ、わたしが座ったまま手をこまねいているように見えたのだろうが、それは――その――」

警部はうまい表現が見つからないようだ。それとも、この場で使っても支障のない言葉が思いつかなかったのかもしれない。

わたしは言った。「いいえ、警部のご活躍ぶりは重々承知しています。ただ、あの下宿屋で警部が見落としている事柄があるかもしれないと思ったんです。それで支援すべきだと――思いました」

「実にありがたい。ご親切なことだな。だがウィッキーかケントがいなければ、深刻な事態にはならない――きみの話からも、それは確信する。ここ三日間あの下宿屋が監視下に置かれているときみは知っているか？　ウィッキーが再び姿を見せて五分以内に報告があったと知っているのか？」

わたしは驚いた。「ウィッキーが来る前に警部がいらしたのは知っています。でもその後のことは知りませんでした。もし手配していたなら――」

「当然だ、わたしがデスクで手をこまねいていたなら、それくらいしていただろう。だがウィッキーの足取りを追うのに成功した部下がいて、わたしは奴を確保するためにフォークストンに行った。そこでは取り逃がし、グレーヴスエンドまで追った――わたしが十五分前に戻ると、奴がストレトフィールド・ロッジに姿を現したとの伝言があった、ちょうどきみから電話があった時だ。その頃には奴は死んでいたに違いない」

「まあ」

バーマン警部は続けた。「ウィッキーが殺害される可能性を予見した者はいなかった。ミス・パルグレーヴ、きみは監視していて予測したか？」

「いえ、とんでもない」

「それは残念だ。少しは役に立ったはずなのに」

警部は黙ったままデスクを指で叩き続ける。しばらくしてから口を開いた。「わたしの意見などありがた迷惑か。ミス・パルグレーヴ、はっきりいってきみの行動には肝が冷えたが、いま直面している状況では役立つだろうことは明らかだ。きみは無責任に事態をひっかき回した挙句――有益な結果を出す才能がある、と話したことがあったと思う。確かそんなようなことを（"Search for Sergeant Baxter"（未邦訳）参照のこと）。今回それを証明したな。きみの上司に報告書を提出するのが正しい手順であるに違いない。そうすれば相応の扱いを受けるだろう。だが現時点では報告するには値しない。後日処理する可能性はある――おおいに。いまのところはストレトフィールド・ロッジに戻って任務を続けなさい、わたしの指揮下で。わかったかね？」

「はい、もちろんです。女中として相応《ザ・ポテイトウズ》に。皿を洗ったりベッドを整えたりするんですね？」

「その必要はあるな、立場を隠すために。だが主として報告をするために潜伏していてほしい。連絡はまめに頼む。本事案はわたしの担当だから下宿屋でのことは逐一報告してもらってかまわない。さあ、現場に戻っていいぞ」

わたしにはそんな簡単な話では済まないように思えた。

「つまりときどき警部に呼び出されて、そのつど報告するということですか？」

「もちろん、そうだ」

「なるほど承知しました、警部。でもそれでは却って任務が台無しになりませんか。頻繁に呼び出されたら、警部がわたしに興味を持っている理由を下宿の人たちは詮索するでしょう。警部が何を尋ね、わたしが何を答えるかを。実情を知られないまでも、皆を監視して警部に報告していると思われるはずです」

「ああ、それはあり得る。となると、きみを呼び出すまっとうな理由が必要だな」

バーマン警部は数分間沈黙していた。それから自問自答するように言った。「ああ、なるほど。これならうまくいく、きっとうまくいくはずだ。だが成し遂げるには技術がいる、ミス・パルグレーヴ。きみにかかっているんだ。それに加えて、女中の役目をきっちりとこなしてもらいたい。失態は許されない、いまみたいにアーミテージ巡査とこっそり手を握り合うのもなしだ」

その時わたしの抱いてきた疑念が確信に変わった。警部は背中にも目があるばかりか、身体の横にも目があるのだ。

しかし警部の雷は――ストレトフィールド・ロッジでのわたしの振舞いに関しては――思ったほどひどくなかった。

第七章　疑　惑

1

自分の運転だと却って悪影響を及ぼすだろうから、というバーマン警部の計らいで、わたしは巡査の運転するパトカーでストレトフィールド・ロッジに戻った。

中に入るとすぐに玄関ホールにいた警官のひとりからメモを手渡された。ひどい走り書きで判読しづらかったが、なんとか読み解く。「キティー。すぐに。キッチン。ひどく辛いの」

そこで急いでキッチンへ下りていった。お茶を飲みたかった。お茶さえあればひどい苦痛も何とかなる。だがポットに残っていたお茶はわずかだったので、ミセス・マンローは五杯目を飲んでいるらしかった。夫人もお茶を渇望していたのだろう。

夫人はわたしの姿を見るなり言った。「ああ、キティー、ありがたい。なんてひどいんでしょう。あの殺された気の毒な人のことじゃないの。それはもちろん辛いんだけれど。あまりにも恐ろしくてショックで具合が悪いの。あんな血まみれで死んでしまって、夕食後はあんなに陽気で元気そうだったのに。それが思いもよらずあんなことになって。きっと何かあるんでしょうけれど、わたしには無理。次から次へと起きてついていけないわ。あんなに血を出して死んでしまうなんて」

夫人を落ち着かせるために、どうにかしなければならない。「ウィスキーかブランデーはありますか？」

「どうだったかしら？　そうね、たぶんあるわ。クリスマスの時の残りが食器棚に。飲んだことはないけれど、いまなら」

わたしはふたつのグラスにブランデーをほんの少し注いだ。ミセス・マンローが半分ほど飲んだのを見計らって話しかける。「それで、ほかに何があったんです？」

「信じられないのだけれど、あの人の話はすべて嘘だったんですって」

わたしは抜群に頭の回転がよくなったか夫人の話し方を学んだのか、とにかくことの次第がすぐさま推測できたが、敢えてそういうそぶりを見せずに言った。「誰に何を言われたんですか、それが嘘だと、どうしてわかったんです？」

「まあ」ミセス・マンローは辛そうに言った。明快な回答を求められたせいだと思う。「あのミスター・バーマンはミスター・ウィッキーのご友人ではなくて警官で、ここへ来てウィッキーの所在を尋ねたのは、彼がお尋ね者だったからなの。ダイヤモンド商人でもないし南アフリカから来たんでもなくて、犯罪者ですって。そう思うだけで、もう。犯罪者がここの下宿人になっていて、警察が来たのよ」

ここは驚いたふりをしなければならなかった。「犯罪者？」オウム返しに言った。「まあ、なんて恐ろしい！　そうするとミスター・ウィッキーは孤独でここに来たのではなくて——奥様を利用していたんですか？」

「あら、そうだったの?」家主は大きな声を出した。「思いもしなかったわ。だって犯罪者で孤独かもしれないでしょう? きっとそうよ、中にはそういう人がいるんだわ」

「現実は映画とは違いますよ。情婦も連れて仲間内で賑やかに楽しんでいるんです」

「まあ、そう? ミスター・ウィッキーがダイヤモンド商人でなくてもそれは仕方ないわ。そうなると、すべてまやかしなんでしょうし。だってこちらは下宿人から聞いた話で理解するしかないんですもの。全員が泥棒や人殺しで、これっぽっちも寂しくないかもしれない。わたしはそれこそ必死でやってきたの。助けになりたいと思えばこそよ」

「皆が泥棒や人殺しとは考えにくいんではないですか」わたしは言った。

「ええ、もちろんですとも。ミスター・ウィッキーがそうだったからって、全員がそうである必要はないわ。犯罪者なら『ミスター』なんて呼ぶべきじゃないかしら、そうよね? 『ミスター・クリッペン(H・H・クリッペン〔1862-1910〕。在英中妻を毒殺して処刑された米国人医師)』と呼んでいるのを聞いたことがないもの。ほかの犯罪者だって、いま名前が出てこないけれど『ミスター誰それ』とは言わないわ」

「気の毒なミスター・ウィッキーを人殺しと貶めるには及びませんよ」わたしは言った。「彼はいわゆる——金庫破りだと警察から聞きました」

「あら。それなら思ったほどひどくないわね」ブランデーの効果か、はたまたミスター・ウィッキーは殺人犯ではないと何度も説明されたおかげか、夫人は明らかに気が楽になったらしく、機嫌もよくなった。

「犯罪者だったら警察が来るのも無理はないわね? 気に病む必要はないんだわ」

「警察が出動したのはミスター・ウィッキーが殺されたからですよ。犯人を捜そうとして——」

ミセス・マンローがすかさず口を挟む。「まあ、聞くに堪えないわ」そう叫ぶ声には気楽さのかけらもなかった。「ミスター・バーマンの話で、ミスター・ウィッキーが殺されたとは知っているけれど、まだ望みを捨てていないの、誤ってストーブ囲いの上に倒れたかもしれないって。それなら状況が違ってきて、気が楽だもの」

そこまで激しく思い違いされるのもなんなので、わたしは言った。「警察の話では、殺人に間違いないそうですよ」

「まさか、そんな！」ミセス・マンローはそう叫ぶと、怯えた様子で黙り込み、紅茶にも口をつけなくなった。しばらくしてから口を開く。「ミスター・バーマンがそう言ったの？　何を――ほかに何を聞いたの？」

慎重になる必要があった、というのもバーマンから具体的には何も言われなかったからだ。わたしが報告する間、質問すらされなかった。だがミセス・マンローに問いただされたら、警部に報告した事柄は、すべてわたし自身の捜査によるものだと告白しなければならない。

わたしは言った。「話はありませんでした。質問をされただけです。ここで働くようになったいきさつや、以前の勤め先などについて訊かれました」

「ほかの――ほかの下宿人については何も？」

「それは訊かれました。それにミスター・ウィッキーが到着してからのことを、逐一話すよう言われました」

それを聞くと、どういうわけか夫人はさらに不安そうになった。「彼の――彼のベッドを整えたこととか？」

「『彼のベッド』ですか？」わたしはオウム返しに言った。「確かにそれも話しました。でもとにかく警部はわたし自身に興味があったようです」

わたしは……つまりバーマン警部は……夫人にその点に興味を持ってほしかったが、夫人はそれについては聞き流した。「ミスター・バーマンは――わたしについて何を尋ねたの？」

「奥様についてですか？　そうですね、どのように奥様を起こしたか説明したら、その時奥様がなんとおっしゃったか知りたがりました。当然ながら、ミスター・ウィッキーの部屋にお連れした時になんておっしゃったかも」

夫人は急に身を乗り出して真剣なまなざしになった。

「キティー、あなた――ミスター・バーマンに話したの？　わたしの言ったことを？」

「奥様の言葉をはっきり覚えていたわけではありませんが、ミスター・ウィッキーが発作を起こしたかと尋ねませんでしたか？　それに何かミスター・ケントについて話されたと思います」

「そういうことはミスター・バーマンに話さなかったのね？」

「いいえ、話したと思います。記憶の限りではそうです。でも正確に説明できたわけではありません」

「とてもややこしいわ」ミセス・マンローが言う。「それにショックよ。自分の発言を覚えていないなんて、それこそ。だってミスター・ケントが戻ってくるとばかり思っていたし。だから部屋にいたのが彼ではなくてミスター・ウィッキーだったのにびっくりして、ひどく血だらけで、本当に耐えられなくて。自分でも何を話していたか覚えていないわ」

「もちろん、そうでしょうとも」

本事案の捜査担当がわたしではなくミスター・バーマンなのが、つくづくありがたかった。

2

「息子さんが下りてきましたよね？」わたしは言った。

「あら、そんなはずないわ」夫人の声が高まる。「息子は外出の時しか下りてこないし、夜に出かけるはずないもの。午後に散歩をするくらいよ。そう、ジョージは下りてくるもんですか。キティー、思い込みはだめよ。息子は下りてこなかったわ、たぶん」

「でもわたしが警察署に行く前に最上階へ着替えに戻った時、おふたりに何があったかお伝えして、クラリッサさんが――」

「そうだわ。その時息子は下りてきてくれて、本当にほっとしたの。親孝行で頼もしくて。わたしもそうでありたいわ」

もはやわたしの手に余る状態だが、話を聞き続けたほうが日の目を見られるかもしれなかったので、こう尋ねた。「奥様だって頼もしいじゃありませんか？」

この言葉は効果があったようだ。ミセス・マンローは言った。「まあ、そう思う？ 本当に？ いつだって息子を信頼しているの、ちょっとしたことでもね。でも今回は大事《おおごと》で怖くてたまらないわ。でもあなたがそう思うなら」

ミセス・マンローはいくらか落ち着いた様子でしばらく黙っていたが、再び不安が頭をもたげたらしく、悲しげに言った。「わたし、頼りになるかしら？」

もはや〝日の目〟を見られるか怪しかったが、引っかかるものがあった。ミセス・マンローがジョージを信じられるかどうか、が問題なのは明らかだ。夫人から——そしてクラリッサから——事情を訊けそうにないので、わたしは話題を変えることにした。

「下宿人の方々はどうなさっています？　下りてきて事件を知った人はいますか？」

「わたしが一階にいる間はいなかったわ」

「なら皆さん、ぐっすり眠っているに違いありません」

「ええ、そのはずよ。邪魔をしてはいけないわ。誰ひとりとして関係のある人はいないんだもの」

「それが皆さんにもおおいに関わるんです」わたしは切り返した。「警察の捜査が始まり次第、わかるはずです。ミセス・マンロー、お気づきでないようですが、事件には全員が関わっているんですよ——奥様とわたし、それに息子さんやお嫁さん、下宿人の三人が。警察は、この七人のうちの誰かがミスター・ウィッキーに手をかけたと断定しています」

3

ちょうどその時キッチンのドアをノックして巡査が入ってきた。この巡査のことはよく知っている。署内でのあだ名は〝頬髭さん〟だ。そして同様に巡査もわたしをよく知っているが、バーマン警部から指示を受けたらしく、何食わぬ顔で夫人に近づいて話しかけた。「ミス・パルグレーヴですか？」夫人が無言で首を横に振ると、巡査はわたしのほうに向き直り、大胆にもウインクをしてから言った。「あなたがそうですね？　警部が話を訊きたいそうです」

わたしは巡査の後について一階に上がって卓球室に入った。マントルピースの上の置時計は五時三〇分を指している。おそらく午前だろうが、ひどく時間が経った気がするので午後といわれても驚かないだろう。

バーマン警部はテーブルに座り、横には手帳を持ったブライアンがいる。〝頬髭さん〟が退室してドアを閉めてから警部は言った。「どうだい？　指令に従って着々と進めているかね？」

「何とも言えません。夫人は心配のあまり思考停止状態です。息子のことや、元々ミスター・ケントの部屋だった所にウィッキーがいたことが、関わっているようです」

「ほお、なるほど」警部は言った。「その報告のおかげですべて明確になった」

わたしにはその自覚がなかった。事態が急展開していて追いつけそうになかったが、わたしが役に立ったのなら、そうだったのだろう。

いまさら確認のしようもない。と、にわかにバーマン警部が言った。「さあ、てきぱきやるぞ。まずは捜査上、この家でのきみの立場を確立する必要がある。この流れなら、きみに捜査に協力してもらうという展開もすんなり受け入れられるだろう。ところで、きみをいじめる人はいるかね？」

「いじめる、ですか？　いままでは誰からも。悪ふざけをしてきた人はいましたが、たいしたことはありません。そのたびにやりこめましたので」

「ふむ、そのようだな」警部が言う。「そこで、いまはわたしにひどく痛めつけられたふりをしてもらう必要がある。涙ぐんだりできるかい？」

都合のよいことに、仕事着のポケットに化粧用具を入れっぱなしだった。警部の意向を事前に知っていたらキッチンからタマネギを持ってきていただろうが、タマネギなしでも、羞恥心の余り赤面する女性にうまく化けることができた。

上出来だと褒めるバーマン警部に、わたしは言った。「了解しましたが、ひとつお願いがあります。どうかブライアン——その、アーミテージ巡査——の座る位置を変えてもらえませんか。目が合うと吹き出しそうになるものですから」

4

部屋に連れてこられたミセス・マンローにとって、わたしの形相は思った以上に衝撃的だったらしく——期待どおりに夫人は怯え切った表情になった。

バーマン警部が聞き取りを始めようとすると、夫人は先ほどの話の続きを話し始めた。

「ひどいショックでしてね。人が殺されたらどんなものか想像はしていましたけど、いままでそんなことはなかったし、それこそ血だらけだったんです、すっかり寝ていて露ほどもそんな気配はなかったのに。キティーが起こしに来るまではね。それにミスター・ウィッキーが南アフリカから来た身寄りのない人物ではなくて——」

警部が話を遮る。「ちょっと待ってください。驚かれたのはわかりますが、気をしっかり持っていただきたい。どうかお掛けください。ミス・パルグレーヴの聞き取りをして驚いた点がいくつかあります。聞くところによると、彼女はここに雇われる際にろくに推薦状も求められず、可能な業務についても尋ねられなかったそうですが、それは事実ですか？」

「あら、でもとても感じがよい娘さんだとすぐわかりましたから。それにやる気も感じられました。ちょうど前の人が辞めたばかりで人手が足りなかったし相応《ザ・ポテイトウズ》な人がいなかったから。それにとても不安でしたの」

バーマン警部がオウム返しに言う。「とても不安？　何が不安だったんですか？」

「キティーに来てもらうしかなかったわ。仕事が山積みで。わたしの歳では手に負えない状態。ぎりぎりだったんです」

当然ながら警部は夫人の口調に慣れていない。明晰な頭脳を持ち、話し手の真意をくみ取る技能に長けているバーマンが、自制心を保つのに苦慮している様子が伝わってくる。

と、にわかに警部が言った。「ほお、それはそれは。それであなたは――」そして気の急くのを抑えて、二度深呼吸してテーブルをトントンと叩くと、より穏やかな口調で――声の強張りはあいにくそのままだが――語りかけた。「詳しく教えてくれますか？　ミス・パルグレーヴはここの求人を、どうやって知ったのでしょう？」

「さあ、見当もつきません。わたしにわかるわけありませんわ？」

「広告を出したのでは？」

「あら、きょうび役に立ちませんもの、工場の求人に圧されて」

「なるほど」バーマンは言った。「すると誰かから話を聞いたに違いない。つまりこの下宿と関わりのある人物と接触したはずです。でもミス・パルグレーヴはわたしに名前を告げるのを拒否しています。実は、わたしの質問に答えるのも協力するのも嫌がっています。そこで彼女にはここにいる別の理由がある、とわたしは踏んでいます」

わたしは沈んだ様子で座っているばかりでは辛かったので、何か口を挟むことにした。うまく声を震わせて言った。「そ、それは刑事さんがひどく厳しかったからです。い、いばって、わたしが何かしでかしたと決めつけて」

バーマン警部がこちらを睨んで「静かに！」と恐ろしい声で言った。そして引き続きミセス・マンローに言った。「この女性が何か隠しているのは確かです。ここで殺された男性と何らかの関係があるに違いありません。彼女が被害者を知っていたと思いますか？」

「そんな、まさか」夫人が叫ぶ。「そんなはずはありません。どう考えても、あり得ませんわ。こんなに感じがよいんだから、本当にあり得ないわ。みんな少しも」

「なるほど《アイ・シー》」警部は言った。

そして、少しもわか《シー》っていない、とすぐに気づいて、警部はこう続けた。「一体何が言いたいんです？　誰が少しもなんなんですか？」

「犯罪者を知っているはずないわ」ミセス・マンローが説明する。「キティーのようないい娘さんが。ミスター・ウィッキーには災難だったけれど、あの方だっておとなしいもので、南アフリカから来たダイヤモンド商人としか言いませんでした、それが嘘であの方は犯罪者だったと刑事さんから聞かされても、キティーと関係あるはずありません」

バーマンは再び言った。「なるほど」今回は多少なりとも把握したらしく、こう続けた。「さて、この女性がウィッキーと面識がなかったのなら、ほかの誰かと会ったに違いない。おそらくミスター・ケントでは」

ミセス・マンローが動揺したのは明らかだった。「でも、いまはここにいませんから、キティーと会うはずはないわ。ミスター・ケントは無関係ですよ、あの亡くなった気の毒な方とは、という意味です。ミスター・ケントは不在で居所もわかりませんの」

「おっしゃることがよくわかりませんね」警部は言った。「ミスター・ケントについてもう少し訊かせてください。ここにいた時はどの部屋を使用していたんですか？」

さりげなく問いかけながらも、抜け目なく夫人を観察しているのがわかった。そしてこの時わたしは気づいたのだが、ミセス・マンローも、ばかがつくほどの正直者ではなかった。質問に対して何も答えるつもりがない、と警部が気づくまで、延々と話し続けたのだ。

ミセス・マンローは言った。「残念でならないのは、伯父さんの隣になれなかったことですね。ミスター・ヘザーズと隣同士だったらよかったんでしょうに。だからってミスター・スパークスに部屋を譲ってくれなんて言えませんわ、先に入所したんですし。向かいの部屋にはミスター・ラムズボトムがいらして、あの方なら部屋を移ってくれると思いますけど、それはわたしの本意ではありません。だっていつも親切な方ですから。よく物を壊しはしますが、それにつけ込むわけにはいきませんものね？」

バーマン警部が何度も首をひねって内容を吟味しようとしているのがわかった。収穫がないと判断して、警部が鋭く尋ねる。「それで？　ケントの部屋はどこです？」

「それを話しているんじゃありませんか。一階で居心地よくしていただかないと」

警部が重ねて尋ねる。「何階かではなく、どの部屋かと訊いているんです」

「まあ、うちの部屋はどれも家具付きで居心地がいいですから、ミスター・ケントは気にしなかったんです」

冷ややかに警部が言い放つ。「ミセス・マンロー、もったいぶらずに質問に答えてください。一階には二部屋あります。ミスター・ケントが利用していたのは、被害者がいた部屋ですか？」

わたしはてっきりミセス・マンローが泣き出すかと思ったが、夫人は気を取り直した様子でこう言った。「そんなつもりじゃなかったのに残念でならないわ。でも仕方ありませんわね、キティーは知らなかったんですから。ミスター・ケントが戻ってくるので、今朝にでもミスター・ウィッキーに移ってもらうつもりでした、それなのに」

「つまり答えは『イエス』ですね」バーマンが言う。「いまわたしに話しているようにミス・パルグレーヴに言ったのなら、彼女が指示を理解できなかったのもうなずける。とにかく彼女は、ウィッキーをミスター・ケントと勘違いして、彼の部屋へ案内した。そうですね？」

ミセス・マンローが答える前に、わたしは話に割り込んだ。「いいえ、正確にはそうじゃありません。そもそも部屋についてろくに知らなかったんですが、ミスター・ウィッキーがいらしたので、そこが彼の部屋なのだろう、と思ってベッドを整えたんです」

「わたしが案内した部屋ではなかったわ」ミセス・マンローが言う。「きっと移ったのね。それにしてもなぜかしら、ほかの部屋と同じくらい、いい部屋だったのに」

バーマン警部は言った。「なるほど。それは実に興味深い。でもわたしがいま知りたいのはその点ではありません。ミセス・マンロー、あなたのあいまいな説明のせいで、やってきた人物が実際にはミスター・ウィッキーであったのに、ミス・パルグレーヴはミスター・ケントと思い込みました。つまりほかの人も同じ間違いをしているかもしれません。その可能性のある人物を知りたいのですが」

「まあ、そんな人いませんわ」夫人が叫ぶ。「いないに決まってます。キティーはどうかしていたのかしら。それに夕食の時間までは誰にも言いませんでした。それからご紹介したの」

「なるほど」警部が言う。「すると夕食時には、入所者がミスター・ケントではなくミスター・ウィッキーだと下宿人三人は知っていたんですね。息子さんとお嫁さんは？　夕食はご一緒に？」

「いいえ。息子たちは最上階に住居をかまえていますので。食事にせよ何にせよ別ですの」

「すると、あなたから息子さんかお嫁さんに話して――」

「いいえ、何も。話どころか、見かけてもいませんもの。ミスター・ウィッキーが来たことすら知らないでしょうし、あの方をミスター・ケントと間違えたりもしませんわ。そもそも誰か来たとすら気づかなかったはずです。わかるはずないですもの」

夫人が盛んにまくし立てたので、その点をよっぽど強調したいのだろう、とわたしは思った。とはいうものの、新たな入所者があり、その人物がミスター・ケントの部屋にいたのをジョージもクラリッサも知り得なかった、というのは事実ではない。夫人は知る由もないだろうが、事実ではないのだ。

わたしが夕食の品々を運び出している時、ジョージとクラリッサが一階まで下りてきたのだから。寝室の――通常はミスター・ケントの部屋だが当時はウィッキーが使用していた部屋の――ドアは、少し開いていて廊下に灯りが漏れていた。もしもジョージが――もしくはクラリッサが――わたしと同じように目を留めていたならば、戻ってきたミスター・ケントが部屋にいると判断するのが自然だろう。

警察署でバーマン警部に報告した際、わたしは玄関ホールで息子夫婦とすれ違ったと伝えていた。つまりいまのミセス・マンローの供述と矛盾しているわけなので、警部が例によってすかさず追及するものと思っていたが、警部は予想に反して――聞き流し、実に穏やかにこう言った。「よくわかりました」

困ったのはわたしの頼みでブライアンがテーブルの反対側に移動していたことだった。最初の席にいたなら、わたしは視線を合わせて顔をしかめられた。そして――しばしば勘のよさを見せるブライアンのことだから――わたしの先の報告を思い出して、バーマン警部に報告書を手渡したかもしれなかった。だがこの状況ではなす術もなく、警察に協力して殺人事件の容疑者に脅威を与える女中、という役目を果たせなかった。

バーマン警部はさらにミセス・マンローに言った。「あなたの息子さん夫婦は、ほかの下宿人たちとは疎遠にもかかわらず、ミスター・ケントとは非常に懇意な間柄だとお見受けしますが？」

「あら」（明らかにためらっていないだろうか？）「まあ、そうですね。気の置けない関係ですね、たまたま会う時には、という意味ですけど」

警部は言った。「何よりです。それではミスター・ケントはときどき息子さん夫婦の部屋に行かれるのですね？」

「さあ。そ――それはどうでしょう。もてなすのにもお金がかかりますし、最近は流行りませんもの。息子たちもそうだと思います」

バーマン警部が言う。「本当に？　それは驚きです。想像するに、あなたのご存じない所で会っていたかもしれませんよ。息子さん夫婦に直接尋ねたら何もかも話してくれるはずです」

夫人を見つめたまま警部はいったん区切った。しばらくしてから、くだけた口調で続けた。「まあ、必死に隠そうとされても、こっちはいつだって最終的にはお見通しなんでね。いまはこのくらいで終わりにしておきますよ、ミセス・マンロー」

夫人はふらふらと椅子から立ち上がりながら何か言いたげに身体を震わせた。だが考え直したらしく、ドア口に向かった。

わたしは夫人を追いかけようと立ち上がったが、警部が鋭く言った。「あなたはまだです。質問が残っています。お座りください」

ミセス・マンローは気が気でない様子で、わたしのことなど忘れているようなので、ここはひとつごねて存在感を示そうと思った。

わたしは叫んだ。「そんな、いやです！　ど、どうか勘弁してください。何もしていませんから、本当に。刑事さんはひ、ひどいです。心当たりもないのに質問ばっかり」

バーマンは即座に反応して、辛辣に言った。「そろそろ本当のことを言ったらどうですか。そうでないと、実に厄介な状況に陥りますよ」

ミセス・マンローが背を向けたままだったので、バーマンはこちらに少し顔を歪めてみせた。ウインクに見えなくもなかったが、定かではない。

5

再びわたしたちだけになると警部は言った。「上出来だ、ミス・パルグレーヴ。夫人は階下でわたしの暴虐ぶりについて話し、きみは第一容疑者として認識されるだろう。その話が館中に広がれば、同情されるのは必至だ。まずは化粧を落としたほうがいい。今度は動揺して血の気がなくなっているように見せるんだ」

「バスルームで落とします。警部は、ミスター・ケント殺害を企てた夫人の息子が誤ってミスター・

ウィッキーを殺した、と本気でお考えですか？」

「現段階ではそうとは言えない。ただミセス・マンローはそう思い込んでいる、よんどころない事情からだろう。つまり息子には動機があり、夫人はそれに気づいている。それについてはわたしも気づいているし、きみもそうだろう、ミス・パルグレーヴ」

もちろん想像はついた。「ミスター・ケントがクラリッサに言い寄っているんですね？」

「ケントについて、ミスター・スパークスはきみになんて言っていたんだったかな？『たいてい最上階にいる』——とかなんとか。そうなるとジョージ・マンローの動機は明白だ。だからといって、彼が殺人犯だという考えを現時点では受け入れられない。本事案がそれほど単純なら、ウィッキーがわざわざ署まで訪ねてきて、ケントやヘザーズについて長話したのをどう考えればいい？そしてその後ウィッキーがここに下宿した理由は？そこが本事案の謎だ——ウィッキーがそれらの行動を起こした理由と、彼の死との関係はなんなんだ？」

第八章　ひとり欠けた朝の食卓

1

わたしは一階の手洗いに行き、メイクを落としてからアイシャドウで目の下に隈を作った。仕上がりは、われながらぞっとするものだった。

廊下に出ると、ミスター・スパークスが階段の踊り場に下りてくるところだった。わたしと目が合うと、ウィッキーの部屋の前に配置されている巡査を指さして大声で言った。「ちょっと！　これはいったい？　わたしの見間違いですか？　それとも本当に警官が？」

「何があったか知らないんですか？」わたしは尋ねた。

「何があったかですって？　どういう意味です？　何かの冗談――われわれを楽しませようとマリリンが考えついた演出ですか？　着飾ったり小芝居をしたり何やかやと？」

「昨晩何も聞こえなかったんですね？　恐ろしいことが起きたんですよ。ミスター・ウィッキーが亡くなったんです」

「亡くなった？」オウム返しに言う。「亡くなった人がいる、と言いましたか？」

「はい、ミスター・ウィッキーが」

「ウィッキー？　昨夜着いたばかりのあの小柄な男ですか？　なんてことだ！　夕食の時には元気そうだったのに。それに――その――なぜ警察が？　人がベッドで死んだだけでは警察は来ないでしょう？」

その〝ベッドで〟という言い回しに引っかかった。ミスター・スパークスはどうして知ったのだろう？　いや、夜中に発生したという意味で言っただけかもしれない。

わたしは言った。「警察がいるのは、ミスター・ウィッキーがただ亡くなったのではなく、殺された――殺害されたからです。夜中に――」

わたしが口をつぐんだのは、踊り場にやってくるミスター・ラムズボトムを、ミスター・スパークスの背後に認めたからだった。ミスター・ラムズボトムは言った。「何です？　これはいったい何か恐ろしいことが起きたんですね？」

「実はミスター・ウィッキーが。あの人が殺害されました」

「殺害されたですって？　ああ、気の毒に。なんてひどい！　身の毛がよだちます。可哀そうに、ミセス・マンローは取り乱しているでしょう。すぐに探さないと。何か手助けできるでしょうから」

ミスター・ラムズボトムは慌ててキッチンへ下りていった。ミスター・スパークスがゆっくり近づいてくる。「彼ならずいぶん頼りになるでしょうね。夫人は取り乱していますか？　わたしには何も聞こえなかった、いつも熟睡するんでね。いやはや、そんな事件が起きているのに誰も知らないときている。強盗だったんですか？」

「警察はそう思っていないようです」わたしは自分の役割を思い出した。「何時間も前にここに来て訊き込みをしています。ひどい目に遭いましたよ。刑事さんが厳しくて――わたしが何か知っていると思っているようなんです」

「きみが？　どうしてそんなことが？」

「もちろん何も知りませんよ。でもその刑事さんはわたしが何か隠しているというんです。ミスター・ウィッキーがここに来る前から、わたしがあの人を知っていたはずだと思っているようです」

「南アフリカで？　確か彼はあっちから来たんでしたね？　きみはいたことがあるんですか？」

「ミスター・ウィッキーは南アフリカから来たのでは、あ、ありません。警察はすっかり調べ上げています。あの人はぜ――前科者でした！」

　ミスター・スパークスは口笛を吹いた。「夫人をゆすっていたんですか。それこそわたしが常々言っていたことです――この下宿は悪い奴らの手に渡ってしまいますよ、ってね。でもそれにしても――なんでまた殺されたんでしょうね、着いたその日の夜に？　誰とも知り合いじゃなかったのに」

「誰かが知り合いだったはずだと思います」

「そんなそぶりを見せた人はいませんでしたが。でもあり得ますね。ヘザーズやラムズボトムですね？　まったく、そんな人たちと寝食を共にしているとは！」ミスター・スパークスはいったん黙ってから再び口を開いた。「とにかくそういう話なら、警察はわたしには嫌疑をかけようがありませんね。ここで唯一の正直者で、前科者などと一切関わりはないんですから」

2

わたしはキッチンに行った。夫人の精神的危機に対処しなければ、と言っていたミスター・ラムズボトムは有言実行していた。この館に死体や警察がいるとしても、下宿人には朝食が必要だ、〝ショーは続けなければならない〟とミセス・マンローを励ましたおかげで、夫人は準備に忙しくしており、それを手伝っていたミスター・ラムズボトムがティーカップとソーサー二セットをすでに壊していたので、夫人はより大きな不安から注意を逸らされていた。

だがわたしの姿を見ると、再び不安が募ったようだった。

「なんてひどい刑事さんなのかしら。あなた、すっかりやつれていてよ。それに刑事さん、呑み込みが悪いわ、わたしの話を聞き入れてくれないんだから。それははっきりしているの、間違いなく。絶対にあの刑事さんは——さあ、ミスター・ラムズボトム、新しいティーカップとソーサーよ、手伝ってくれて嬉しいわ。ええと、どこまで話したかしら？　そうそう、刑事さんはあなたにあんな話し方をすべきではなかったわ、濡れ衣を着せるんですもの、あなたが反論して当然よ。でもきっと刑事さんは、わたしの時より、よっぽどあなたの言い分を聞かなかったのね。それにしても標準語すら理解できないなんて警察はどうかしている。明らかに疑っているけれど、それだって本当に非常識で」

わたしは言った。「非常識かもしれません——確かにそうです——、でもあの刑事さんがわたしを疑っているのは確かです。直接そう言われました」

ミスター・ラムズボトムが言う。「きみを？　あの男の死と何らかの関連があるっていうんですか？　キティー、そんなのあり得ませんよ。常軌を逸している」

老人がひどく動揺したので、わたしは駆け寄り、老人が持っていた磁器の載ったトレーを引き継いだ。

「それが警察のやり方じゃないんですか？」わたしは声を大きくした。「わたしはこれっぽっちも事件と関わっていませんけど、ひしひしと感じるんです――わたしたちの中に殺人犯がいると警察は疑っていませんか？」

「わたしたちの中に？」ミスター・ラムズボトムがオウム返しに言う。「いや、それはない！」

「犯人から除外する理由が警察にはないんですよ。きっと全員を取り調べます。わたしを手始めにミセス・マンロー、息子さん夫婦、ミスター・ヘザーズ、ミスター・スパークス、そしてあなただって。息子さん夫婦は互いにアリバイを――警察では別の呼び名かもしれませんが――証明できるかもしれません――でも――」

「わたしを？」ミスター・ラムズボトムは叫んだ。「誰も疑ったりできるもんですか。し――心外ですね。暴力をふるうと考えただけで不快です」

ミセス・マンローも動揺して口を挟む「ミスター・ケントはどうしたのかしら。真夜中で、ベッドにはミスター・ウィッキーがいたから、可哀そうに間違えられたのよ。キティー、あなたも間違えたものね。それにクラリッサが原因ではないわ、その、いままでそうでなかったし。ミスター・ケントだって戻ってきたらびっくりするでしょうから。でもミスター・バーマンはそう考えられないのね？」

「わたしに容疑をかけるくらいですから、あの刑事さんにとっては何でも想定内なんですよ」わたしは言った。常日頃バーマン警部が容疑者をどう扱うか知ることで、皆が恐ろしい光景を想像するだろうと思った。「刑事さんの訊き込みは本当に怖かったです。始めは穏やかなので安心していると、矢継ぎ早に質問を浴びせかけてくるんです。それも『はい』や『いいえ』では答えられないような、巧妙なものを。そして威圧的な態度でこちらを動揺させて、何気ない発言の言葉尻をとらえて、言い訳したくても怒鳴られて――刑事さんがすっかり見当違いをしていると気づくんです。こちらの発言内容が復唱されても、まったく見当違いなので、そう訴えても、それはあなたが嘘をついていた証拠だ、と切り返されてしまうんです」

「やれやれ」ミスター・ラムズボトムが言う。「相当ひどい目に遭ったんですね、キティー。それにミセス・マンロー、あなたも。聞いた感じではふたりとも訊き込みされているんですね。やれやれ。わたしは御免こうむりたいものです。刑事に話すことなど何もありません。一晩中寝ていて何も聞こえませんでしたから」

わたしは言った。「あなたのお部屋はミスター・ウィッキーの部屋の真上ですよ」

「そうなんですか？　悲惨な現場がどこだったのか知りませんでした。一階の部屋だったんですね？」

「階段のすぐそばの」

「そうなんですか？　てっきりミスター・ケントの部屋しかないと思っていました。凶器はなんだったんです？　銃じゃないですよね、そうだったら銃声で目が覚めたはずですから」

「頭を殴られたんです」わたしは説明した。「おそらく火かき棒で。とにかく顔や枕が血まみれで――」

「血まみれ?」ミスター・ラムズボトムがオウム返しに言う。「それはひどい。ミセス・マンロー、現場を見ろなんて言わないでくださいね。凄惨な現場を目にして情緒不安定になった人を、おおぜい知っています。もっとも、わたしは大丈夫だと思いますが――しょっちゅう切り傷をこしらえてますしね。ほらここ、今朝エプロンに血のしみがずいぶんあるのに気づきました――きっと昨日の夜グラスを壊した時に切ったんです。ミセス・マンロー、このまま洗濯に出してかまいませんか?」

3

その発言にわたしはとても興味を抱いた。同様にミセス・マンローも――異なる理由ではあるが、関心を持った。

「そういえばシーツや枕カバーも」夫人が大きな声で言う。「ひどいことになっているわ、ミスター・ウィッキーのベッドの分が。でも洗濯なんてご免ですよ。そうはいっても警察は血だらけの現場を見ているし、新聞にも載るでしょう、写真が。夕刊用の写真がいま撮られていても当然だわ。それに一歩外に出たら、わたしやあなたもよ、キティー。下宿人やジョージも皆、見出しつきで載るんだわ。そうなると嫌がって誰も寄りつかなくなる。それに警察が来たら皆出ていってしまうわ。それで人っ子ひとりいなくなって、わたしがまた一から始めても、うまくいかなくて誰も来てくれないの。でも性根を据えればなんとかなるかしら、キティーもいるし」

ミスター・ラムズボトムが大声を上げる。「いや、そんなこと。そうはなりませんよ、ミセス・マンロー。世間の噂は仕方ありませんから、その影響で、興味本位でない、まともな下宿人を入れるのは大変かもしれません。でもわたしたちが出ていくなんて考えちゃいけませんよ。スパークスやヘザーズ、それにわたしは何が起ころうと、あなたのそばにいますから。きみもそう思うでしょう、キティー。誰も出ていくはずないですよね、何があっても？」

当然ながら、この数日のうちにこの館の誰かが出ていく可能性はおおいにある――バーマン警部に手錠をかけられて連行されるのだ。

ミスター・ラムズボトムだっていろいろ言ってはいるものの、その可能性を見落としているとは思えない。火を見るよりも明らかだ。実際、ミセス・マンローが唐突に話題を変えたので、夫人ですら気づいているとわかった。

「よかった、昨日の晩のうちにテーブルセッティングを済ませているから、すぐに朝食に取りかかれるわね。キティー、ベーコンね」夫人は疑わしげにミスター・ラムズボトムを見て言った。「いいの、コーヒーはわたしが持ちます。そうね、ミスター・ラムズボトム、呼び鈴でミスター・スパークスとミスター・ヘザーズに知らせてくれないかしら。何はさておき、みんな元気でいなくてはね。こんな時だから陽気とまではいかなくても、元気なら誰も勘ぐらないわ。詮索は新聞だけにしてほしいものね。ねえ、もちろんわたしたちにやましいことなどないんだもの」

夫人はコーヒーポットを持ったままドア口で立ち止まり、こう言った。「ミスター・バーマンを朝食にお誘いしたほうがいいと思う？　ここにいるのに朝食抜きというのもね。気を揉んでしまって」

バーマン警部は捜査中には食事をとりません、と危うく口から出かかったが、夫人にそう伝えるわけにもいかなかったので、わたしは言った。「行って訊いてきましょうか？　それとなく」

「そうしてくれるかしら？　よかった。でも予備のティーカップはあるかしら？　欠けているのはあるけれど。あなたは少し後にすればいいわね、キティー、洗い終わってからで。刑事さんが『はい』と、そう言ってくれるといいけど。くれぐれも丁重にね。刑事さんが加わったら、元気に、そして考え込まないで、とわたしがいつも言っているのを皆も思い出すでしょう」

4

〝頰髭さん〟は非番となり、別の警官が卓球室のドアの外にいた。面識がさほどないので警官はわたしに気づかなかった——もっとも青白い顔で目に隈はあるし、言うまでもなく着古した私服なので、女性捜査部巡査パルグレーヴには見えまい。誰に立ち聞きされるかわからなかったので、名乗ることもできない。それに、はたして相手が信じるかどうか。そういうわけで警官はわたしを中に入れようとしなかった。それもわたしがコーヒーで釣ると——カップが元々どこにあったかわからなかったが——バーマン警部にお伺いを立ててくれた。

ようやくドア口を通ると、まず視界に入ったのはバーマン警部だった。隣にブライアンを従えミスター・ヘザーズの聴取が行われている。あまり順調ではないようだ。「ふうむ」を聞かされるばかりでいらいらしている。ちょうど入った時、警部はこう言っていた。「さあ、頼みますから、この点をはっきりさせてください。あなたのお名前はオスカー・ヘザーズですね。昨晩までジョー・ウィッキーとは面識もなく、聞き覚えもなかった。夕食後あなたはすぐに自室に戻り、その後は彼に会わなかった。あなたは午前一時に目を覚まし、判別のつかない物音を聞いたが、おそらくミセス・マンローと彼女の息子が揉めているのだろうと思い、関わり合いになりたくなくて放っておいた。以上ですか?」

「ふうむ」ミスター・ヘザーズが言う。

「それはどういう意味です?」バーマンが噛みつく。「『イエス』、『ノー』どちらです?」

「ふうむ。イエスだ」ミスター・ヘザーズは答えた。

「ああ、ようやくはっきり言ってくれましたね」それから警部はこちらを見た。「ええと? 何か用かな?」

「ミセス・マンローから朝食はいかがでしょう、とのことですが」

警部が我慢の限界だったのは明らかだった。まずミスター・ヘザーズ、次に朝食の打診! 警部の語気が荒くなる。

「朝食だと? 捜査中に? 余計なお世話だ」

ブライアンがうつむく。真夜中に呼び出され、バーマンの助手として調書を取っているブライアンにとって、楽しみは朝食しかない。可哀そうに。何か差し入れができるといいのだが。

そんなことを考えていたので、わたしはバーマン警部の言葉を聞き逃した。おそらくミスター・ヘザーズに、もう帰っていい、と言ったのだろう、老人は立ち上がって出ていった。しかし、わたしはそれどころではなかった。というのも、食糧貯蔵室にあるソーセージロールを廊下の警官にどっさりあげたら、ブライアンにも分けてくれるかもしれない、と考えていたからだ。それでバーマンの言葉を再び聞き逃した――それはわたしに向けてだったに違いない、ヘザーズはもう出ていったのだから。

そのせいで警部をさらに怒らせてしまった。わたしが警部ではなくブライアンを見ていたのを見抜かれたらしい。わたしの注意を引くためにデスクを叩くと、冷淡に言った。「ミス・パルグレーヴ、個人的感情は非番になるまで表に出さないでもらえるとありがたい」

その発言を聞き流す気にはなれなかった。

「そう伺ってほっとしました」わたしは言った。「休憩を取ってよろしいんですね、警部？　この三日間、ろくに休みもなく働きづめなんです」

わたしに言えるのは、バーマンが激昂しなかったということだけだ。もっとも無言でこちらを一分余り睨んではいた。それからかなり歩み寄りを見せて、こう言った。「尋ねていたのは、新たな報告があるかどうかだ」

わたしは優しく言った。「ええ、そうですね。それを重視なさるのはごもっともです、警部。ミスター・ラムズボトムは皿洗いの時に服が汚れないよう、小さなエプロンをしているのですが、現在、それに血痕がついています。本人いわく、指を切った時のものだと」

バーマンはすぐに首をピンと立てた。刑事と個人的に揉めそうになったら、とにかく血痕を話題に出すことだ。警部はさっそく食いついた。

声が熱を帯びる。「よろしい。上出来だ。目視したか？」

「いいえ。ミスター・ラムズボトム自身の発言です」

「隠し切れないと思ったんだな。そのエプロンは彼の部屋にあるのか？」

そうだと思います、とわたしが答えると、ブライアンが確認に行かされた。

バーマン警部が続ける。「もうひとつ訊きたい、ミス・パルグレーヴ。ウィッキーがここに来た時、手袋をしていたか？」

「はい。でも夕食の時には外していました」

「なるほど。まだ指をかばっていたが、それを隠しておきたかったのだと思われる。さっき検分して、彼の右手の指二本に深い切り傷を確認した。最近のものだろう。そのせいで両手を守ろうと弱気になっていたのかもしれない。よくやった、ミス・パルグレーヴ。ああ——この捜査終了後に休暇を取ればいい」

「ええ、それでまったくかまいませんよ。もっとも、お気づきでないでしょうが、わたしはもともと今週は休暇中なんです。お陰様で、とても楽しませてもらっています」

5

わたしがダイニングルームに入ると、ミスター・ヘザーズとミスター・ラムズボトム、ミスター・スパークスはすでにミセス・マンローと朝食テーブルについていた。警部の聞き取りの後でもミスター・ヘザーズが興奮したように見えないのを、わたしは当然のことと受け止めた。

誰ひとりとして陽気にしていないので、ミセス・マンローは座を盛り上げるのに苦心している。それを妨げているのは夫人がいそいそと——昨晩のうちに整えるよう指示していたテーブルセッティングである。夫人のすぐ右の席はミスター・ウィッキーのために用意されていた。

それに気づかない者はいない。ミセス・マンローは右の席のカトラリーを脇へ押しやり、皿は自らの皿の下に滑らせた。だが椅子は、欠員が出た事実を厳然と示していた。

朝刊の見出しには食事時にふさわしいものがなかったので、夫人は地味な記事を選んだが、避けているはずの話題にことごとく繋がってしまっていた。

「あらまあ」ミセス・マンローが大声を上げる。「ハットンガーデン（ロンドンにある英国のダイヤモンド・宝石取引の中心地）で強盗ですって……ええと、記事によると、二世代後には長身の男性が少なくなるんですって——そういえば、キティー、確かミスター——いらしている方は食事を辞退なさったのね？　お茶ぐらいどうかしら。あら、今日は一日中雨ですって、工夫しないとね。卓球大会なんてどうかしら？　キティーが準備してくれますから。あら、あの部屋は、あいにくと」

　ミスター・スパークスがすぐさま口を挟む。「現実から目を背けてもいいことはありませんよ。もう逃れようがないんですから、向き合いましょう。直面している事実をわたしは認めます。警察は最終的に、何者かが昨晩この館に忍び込んだという事実に行き着くでしょう——それに気づいたウィッキーは犯人と格闘して敗れた。そういう事件でしょう？」

　ミセス・マンローが言う。「ええ、そうね。そのほうがいいでしょう。ミスター・ウィッキーがわたしたちを護ってくれたと実感できますもの。寝室を襲われたり、何か盗まれたりしたかもしれなかったわ」

　ミスター・ウィッキーの勇姿を思い浮かべた夫人は、先ほどの行為を恥じるようにカトラリーを元の位置に戻した。「とてもすばらしくて勇敢でした。花輪を供えましょう、キクがいいかしら？」

　ミスター・ヘザーズが口を開く。「ふうむ。あの男自身が泥棒だったと警察から聞いた。となると、侵入者に立ち向かったりしなかったんじゃないか」

「警察は最後にはミスター・ウィッキーが改心したと知るでしょう」ミスター・スパークスが口を挟む。「でも現状ではその線では動いていないと思いますよ。つまりわたしたち全員に嫌疑がかかり、試練が与えられることになるでしょう。そういうのが嫌なら不愉快に思うのでしょうが、わたしは恐れたりしませんよ。やましいところは何もないんですから、警察を怖がる理由もありません」

ミセス・マンローが言う。「ええ、おっしゃるとおりです。わたしたちにやましいところはないんですから。でも刑事さんは疑ってかかっているわ」

ミスター・スパークスが切り返す。「問題は、あの警部をわれわれがどう扱うか、というようなことではないですか？　警部が疑い深い質《たち》なら、疑念を抱かせないほうがいいですよ。隠ぺいを勧めているつもりはありません――それは大きな間違いでしょう――けど、関係のない話をわざわざする必要もありません。誤解されるのが目に見えています」

バーマンの胸の内など誰にもわかるまい、とわたしは思った。部下のわたしにすら、わからない。

「でも」ミスター・ラムズボトムが口を挟む。「真実は尊重すべきです。少なくともわたしは知っていることを話さずにはいられません」

「そんなのナンセンスです」スパークスが言い返す。「もちろんあなたの自由ですが、事件に無関係な事柄なら、言うだけ無駄ですよ。よかったら言い方を変えましょう。われわれにはそれこそ言論の自由はありますが、第三者について暴露する権利はありません。それに異論はありませんね？」

沈黙が下りた。それからミスター・ラムズボトムが言った。「まあ――確かにそうでしょうね。ですが、この中に〝暴露〟すべきでない事柄を抱えている人などいるでしょうか」

「ウィッキーの死に関しては、確かにそうでしょう。でもそれ以外では山ほどあるに違いない――警察の耳に入れれば、関連性を見出すかもしれません」

ミスター・ヘザーズが口を挟む。「ふうむ。たとえば？」

「もう聞き取りはしましたか？　したんですね？　すると事実だけを話したんですか？」

「ふうむ。それについてはわからない。聞き取りされる理由にも心当たりがない」

ミスター・スパークスが言った。「警部にしょっぴかれなかったんだから、真実を話さなかったんじゃないですか」

「まあ、ミスター・スパークス、口を慎んでください」ミセス・マンローが大きな声で言う。「よりにもよって。ミスター・ヘザーズは事実を話しましたよ、公明正大にね」

「わたしはただ私見を述べたにすぎません」ミスター・スパークスが言う。「ヘザーズは洗いざらい話さなくて正解ですよ。そうでなかったら今頃は刑務所でしょう」

「ふうむ」ヘザーズが言う。「どういう意味だ？」

ミスター・スパークスが言い返す。「わかりきっていますよ。ウィッキー殺害事件で警察から聞き取りを受けたあなたは――昨夜の夕食時、彼が殺された、ほんの数時間前に彼と喧嘩したことを言わなかった」

昨晩は忙しかったので、わたしはその件を失念していた。バーマン警部へも報告しそびれていた。でも喧嘩自体は――一方的な――ささいなものだったのだから、わざわざ取り上げるには及ばないのではないか？　それでも報告すべきではあったのだが。

ヘザーズが反論している。「ふうむ。何ら関係がない」

ミスター・スパークスが切り返す。「そりゃ、そうでしょうとも。テーブルマナーが気に食わなかったから殺した、などと思う間抜けはいませんから。警察だってそれを動機とは思わないでしょう――その裏に何もないと判断するなら。でも警察がそれを知れば、知らなかった時より慎重になったはずです。だから話さずにいたあなたは賢い、と言ったんです。でもあなたはどんな立場にいるかご存じですか？　それがわたしの主張とどう合致しているかを？　だんまりを決め込んでいますね。いいでしょう。でも誰かが喧嘩について話したら？　あなたが故意に隠したと警察は思い、不審に思ってあなたに嫌疑をかけるでしょう。おわかりですか？」

ミセス・マンローが口を挟む。「あらまあ、ややこしいけれど、話しておいたほうがよかったと思いますよ、ミスター・ヘザーズ。わたしだってこれまで警察にお世話になったのは道を訊いたり——時間を尋ねたり——したくらいだ、とは言いませんが、喧嘩について話すべきでしたわ。警察の望むことは何でも。そうですすよ、とにかく包み隠さずに」

「おっしゃるとおりです」ミスター・ラムズボトムが言う。「警察が聞き取りをしたがるとは思えませんが、もしわたしが呼ばれたら何でも話すつもりです」

「つまり社会に脅威を与えるおつもりですね」ミスター・スパークスが言い返す。「あなたのことならご自由に何でも言ってください。でもヘザーズについて報告する権利はありませんよ。もっと言えば誰についてもね」

ミスター・スパークスはテーブルについている全員を意味深長に見た。

「その点は合意しませんか。自分のことはざっくばらんでかまわないけれど、他人については黙っていましょう。プレップスクールの生徒のように、告げ口はしないこと。どうです？」

ミスター・ラムズボトムが言う。「そうですよ、あなたの言うとおりです、スパークス。いままで気づきませんでしたが、言われてみれば——自分自身にのみ責任を持つという案には利点がたくさんある。だって嘘はつけませんし、単刀直入に訊かれたら厄介でしょうが——」

ミスター・ヘザーズが口を挟む。「ふうむ。堅実な考えだ。ふうむ」

ミスター・スパークスが期待を込めて夫人を見る。

「あらまあ。確かにそうですね」ミセス・マンローがそわそわした様子で言う。「皆さんがそう思うなら。そうだと思いますよ、皆がそうならっていう意味で」

夫人は少し自信がついたようで、こう続けた。「もちろん、話す必要はありませんよ。それにミスター・バーマンは呑み込みが悪いわ。特に当事者以外の人については。誤解されるのがおちでしょう？　あり得る話です。だからみんなでね。何事についても、ミスター・スパークスが話してくれて、皆とても感謝しているはずですわ。見ないふりをして困ったことになるのは、やましいところのない人には不公平ですもの。だからわたしも告げ口はしませんよ」

幸いにも、警察の一味かとわたしに尋ねる人はいなかった。

6

食事が終わるとミスター・ラムズボトムは皿洗いを手伝うと言ってきかなかった。夫人が断ると老人は言った。「いや、手伝いますよ。あなたとキティーは夜もろくに寝ていないんでしょう、お陰様でわたしはぐっすり眠りましたけれど。ふたりともお疲れでしょうから手伝えると嬉しいんです。上に行ってエプロンを取ってきます」

数分後に老人は戻ってきた。「妙な話ですが、寝室のかごの一番上に確かにエプロンを置いたはずなのに、まったく見当たりません。もう洗濯室に持っていきましたか？　まだですか？　そうなるとわけがわかりません」

エプロンをお貸ししましょう、さあさあ、とわたしは声をかけて階下のキッチンへ先に行かせ、使用済みの皿を載せたトレーを持って後に続いた。わたしのすぐ後ろには、ミスター・ラムズボトムが洗い物を始める前に流し台に行きたくて気を揉んでいるミセス・マンローがいる。キッチンに入った夫人は、ミスター・ラムズボトムが〝女物の〟エプロンをつけるのも、スーツのままで洗い物をするのも、ひどく嫌がった。仕方なく老人は、コンロの燃料が充分足りるよう、石炭を取りに行った。

わたしはコーヒーポットの残りを片付けようとしながら、夫人に言った。「少しこの場を離れてもいいですか、ミセス・マンロー？　ミスター・バーマンが、朝食はとらないがコーヒーくらいなら、とおっしゃっていたので。ご機嫌を伺うのも大切ですよね？　ちょうど一杯分残っているんですよ」

コーヒーをコンロで温め直し、砂糖を探しに食糧貯蔵室へ行ったわたしは、仕事着のポケットというポケットにソーセージロールを詰め込んだ。それから玄関ホールにいる巡査にそれを差し入れし、どうかブライアンにも分けてあげて、と小声で頼んでから、作戦がうまくいったことに意気揚々として卓球室に入っていった。

バーマン警部はたまたま誰の聞き取りもしていなかった。思考力を充分に働かせるために椅子の背にもたれて天井を見上げている。かたやブライアンは、空腹のまま時間を持て余しているようにしか見えなかった。

先ほどの会話からすると、考え中の警部に話しかけるのはどちらかといえば危険だったが、緊急を要している。「警部、恐れ入りますが、ふたりきりでお話しできますでしょうか？」

急に現実に引き戻されたバーマンは、こちらをうつろな目で見ると、こう言った。「アーミテージ巡査を気にせずに話したまえ」

「今回はちょっと、どうしても」

その言葉が功を奏した。バーマンが言う。「しばらくふたりだけにしてくれ、アーミテージ」

ブライアンが不思議そうな顔をして出ていってから、わたしは言った。「ブライアンの前ではちょっと言いづらかったので、ご理解いただけてよかったです。先ほどは失礼しました、警部」

「なんだって？」バーマンが大きな声を出す。「わざわざそんなことでわたしの思考を邪魔しにきたのかね？」

「わたしにとっては重大ですから。いまこうしてお話ししていても気分が塞ぎます。立ち場もわきまえずに、本当に申し訳ございませんでした」

バーマンは驚いたようだった。部下がわざわざ謝罪に来る慣例はないのだろう。「ああ、わかったよ、ミス・パルグレーヴ。大丈夫だ。もう気にするな。こちらとしても、まあ——言い過ぎた感がある」

「それを聞いて安心しました。ありがとうございます、警部。ところでお耳に入れたいことが」

昨晩の夕食時の喧嘩と、ミスター・スパークスの裏工作について伝え終えた頃、ブライアンが戻ってきた。見違えるほど元気そうだ。口の端にパンくずがついているのに気づいて嬉しかった。どうかバーマンに気づかれませんように、と祈る。

7

「実に興味深い話だ」警部は言った。「おかげで容疑者リストからヘザーズを外せる」

わたしは合点がいかなかった。「ウィッキーと喧嘩したからですか?」

「いかにも。昨日の晩に殺人を計画していたら、夕食時に証人が四人もいる前で喧嘩をするなど愚の骨頂だ。それにきみの話によると、喧嘩を売ったのはウィッキーではなくてヘザーズだろう。彼から言いがかりをつけて意固地になった。不本意だったら固執する必要はなかったはずだ。つまりヘザーズが殺人と無関係である強い根拠となる」

見事な推理で、わたしの中の警部の株が上がった。

警部が続ける。「それでも、ヘザーズがウィッキーを故殺したという可能性はまだ消えていない。甥のケントを殺そうとしたのなら、話は違ってくる……犯行前に神経過敏になって喧嘩をしたと見ることもできるから。

さて、スパークスに関してだ。彼は、きみたちの中に真相に近い人物がいると考え、それが彼に不利に働く、と推理していた。それが何か思い浮かぶか?」

何も浮かばない。

「それは残念だ。だが遅かれ早かれ思いつくだろう」

警部はしばらく考え込んだ後に口を開いた。「本事案の一番の問題はずっと変わらない。なぜウィッキーはわざわざ署に来てわたしと話したのか、なぜこの下宿に来たのか? そのふたつの行動の理由と、彼の死とを関連づける理由が求められる。ウィッキーの死が偶然だとすると、状況はさらに難しくなる――つまり、何者かがケントを殺そうとしていたかどうか。もっと掘り下げると、現時点ではふたつの重要な点がある。犯人がスパークスかラムズボトム、もしくはヘザーズなら、ウィッキーを狙ったものだったろう。だが、ジョージ・マンローや彼の妻、もしくはミセス・マンローの犯行なら話が違って、対象はケントだっただろう」

「ミセス・マンローですって？」わたしは大きな声を出した。「まさか、夫人がそんな！」

「それは明らかに偏見だ」バーマンが切り返す。「ミス・パルグレーヴ、捜査活動において偏見はもっとも危険だ」

「で――でも夫人は息子の犯行と思い込んでいる、と警部はおっしゃいました。夫人がみずから犯行に及んでいたなら、そう思い込めるはずありません」

「彼女はしたたかなのかもしれない。息子の犯行と思い込んでいる、とわたしに思わせたいくらいに。嫁が昨夜の息子のアリバイを証言するだろうから、わたしの疑念がそちらに向かないようにすれば危険性が弱まる、とミセス・マンローは思ったのだろう。むしろ思い違いをしているのかもしれない。あの取り乱しようなら、統合失調症の状態で犯行に及んでも記憶にないかもしれない。ケントを殺す動機が彼女と同じくらい息子のジョージにあると知っていて、息子が手を汚したと思っている可能性がある」

「まあ」わたしは叫んだ。「でも夫人はそれほど気が動転しているわけでは――取り乱してはいますけど」

「あれはかなりのものだぞ、ミス・パルグレーヴ？」バーマンが言う。「誰かに尋ねられたら、わたしならそう答える。捜査を指揮するためにここへ来た時、卓球をするかどうか尋ねられた。どう考えても尋常ではない」

第九章　もうひとりの容疑者

1

キッチンに戻るとミセス・マンローはひどく取り乱していた。というのもわたしの不在の間にミスター・ラムズボトムが石炭運び以外にも手伝いたがっていたからだ。老人が割れやすい品を手に取るたびに夫人は急いで取り上げていたが、その口実も尽きているように思われた。

そういうわけで、警部がお呼びです、とミスター・ラムズボトムに声をかけて夫人を助けてあげられて、わたしは嬉しかった。

「わたしを？」老人は叫んだ。「何かの間違いじゃないですか？　話すことなど何もありませんよ、これっぽっちも」

「でしたら、すぐに行ってそう伝えたほうがいいですよ」わたしは言った。「さもないと疑い深い刑事さんは、あなたが作り話を考えるのにグズグズしていると思うでしょうから」

老人は渋々出ていった。

ミセス・マンローがこちらを向いた。「そういえばキティー、今日は木曜日でお休みの日だけど、どうするの？　わたしひとりで切り盛りできるわよ」

「いま休暇をいただこうなんて夢にも思いません」わたしは言った……本心からだった。「でも午後にはわたしの手が空くようでしたら、階上で一、二時間仮眠を取っていいでしょうか、寝不足なので」

「あら、そう？　いい案だし、そうね、あなたにはずいぶん手伝ってもらって、なんて言ったらいいかわからないくらい。たとえ眠れなくても、ベッドに横になるだけで、ずいぶんいいはずよ。わたしはこれから何が起きるかと思うと、寝つけなくてね」

わたしはここぞとばかりに、バーマンへの不満を夫人に改めて訴えた。「これから何が起きるかはともかく、いま何が起きているのかは気になっています。刑事さんのいる部屋に行くたびに質問を浴びせかけられて——はっきりいって恐ろしいです」

「それは気の毒に。何も知らないはずのあなたに無理強いするなんて、なんて不公平なのかしら。だってあなたが来る前に起きたことまでね。あなたは何も隠すつもりはないのに。刑事さんの耳に入れなければさらに状況が悪化するとでもいうかのように、始終怖がらせているんだわ」

「奥様もさぞ怖い思いをしていらっしゃるのでしょうね」わたしは言った。

「それに刑事さんが次に何を見つけるかわかったものじゃないわ」夫人が続ける。「もし何か見つかったら。もっとも、たぶんそうはならないだろうし、そう祈っているけれど。だって夜に刑事さんが来た時、ひどく驚いていたもの。それだって、被害者がミスター・ケントではなくて、ミスター・ウィッキーだと伝えたからに決まってるわ」

「すると、もしミスター・ケントだったら、奥様は——きっと——どうなったと思うんです？」

夫人は無言でこちらを見つめた。そのまなざしは怯えていたので、深入りしすぎたかとは思ったが、一番重要な点なので話を続けた。「ミスター・ケントは上の階に行ったことはない、と確か奥様はおっしゃっていましたよね。でもクラリッサさんは、ミスター・ケントがとてもいい人だから、戻ってきてほしい、と言っていました。つまりクラリッサさんはときどきミスター・ケントと会っていたはずですが？」

「キティーったら！」夫人が叫ぶ。「言わなかったでしょうね？　嫁から聞いた話を。ミスター・バーマンが勘ぐるに決まってるんですもの。そんなことになったら、わたしの心配するとおりになるわ、きっと。もしジョージだったらって、それだけが心配なのよ」

2

息子が心配で涙を流さんばかりのミセス・マンローの気持ちが痛いほどわかり、心から同情した――息子の犯行ではないか、と半信半疑で怯えているに違いない。そして――わたしは自分を卑劣だと感じ始めていた。

ケントとクラリッサの情事について、そしてジョージがそれを知っていることについて夫人が打ち明けてくれるよう、こちらが鎌をかけたのは事実だ。バーマン警部に確たる証拠を差し出せるように、そう仕向けていた。

だがこれがわたしの仕事だろうか？　泥臭い捜査は警部に任せればいいのではないか？

警官という立場上、時として人を欺きもするし、社会を守るために犯罪者を出し抜きもする。だがミセス・マンローが犯罪者であるとは、これっぽっちも思わない――そそっかしいけれど愛すべき老女である。ことの是非はさておき、息子が殺人犯だと夫人が考えているなら――息子を守ろうとする母性のなせる業だ。夫人の知っている情報をすべて絞り出すために欺くのはバーマンの仕事かもしれないが、はたしてわたしの仕事なのか？　夫人は親切にしてくれるし、お節介なほど同情してくれている。夫人を裏切ったら天罰が下るはずだ。

厄介なのは、この屋敷にわたしがいる時点で夫人を欺いていることだ――おまけに目下バーマンの配下、つまり、ミスター・ラムズボトムのエプロンの血痕やミスター・ヘザーズとウィッキーの口論について警部に報告する正当性がある。となると、ミセス・マンローが息子ジョージについて語った内容を報告して何が悪いのか？

よし。今後見聞きした内容は何でも報告すべきだが、無理やり話を聞き出したりはするまい。特にミセス・マンローを欺くのはやめよう……犯人であるはずはないし、心優しい老女にひどい仕打ちをしてはいけない。

決断してしまうと少し気が楽になった。わたしは台所仕事に没頭して質問するのを止めた。

3

ミスター・ラムズボトムは顔面蒼白で戻ってきた。「いやはや。思いもよらず恐ろしい目に遭った、どきどきしてしまって」

その動揺ぶりは夫人の口調を模しているかのようだった。だが緊張して興奮状態にあると、人は多少なりともそういう話し方になるのだろう。

ミセス・マンローが言う。「いったい何があったの、ミスター・ラムズボトム？」

「ミスター・バーマンがわたしの寝室を探って――指を切った時の血のついたエプロンを見つけたんです。わたしの許可なく室内を捜索する権利があるとは思えないので、そう言ったんですが、耳を貸そうとしません。なんて高慢な男なんだ！　でもこちらもしつこくはしませんでした。何か隠していると思われては心外ですから。ミスター・バーマンには血の跡がついた経緯をきちんと説明しました。でも悲しいかな、相手はそれにも聞く耳を持ちません。信じがたいことに、わたしが服を汚さないようエプロンをつけて、あの気の毒なミスター・ウィッキーを殺した、と信じているようなんです！　不快極まりない言いがかりです、実に恐ろしい。ミスター・バーマンの疑念を払おうとしましたが――話を聞こうとしないばかりか、わたしのスーツを検査したいがいいか、と尋ねられました――いや、正確に言うと検査すると主張しました――それでスラックスの小さなしみにひどく疑念を抱いていましたが――ミスター・バーマンにも言ったんですけれど――二週間前にピクルスの瓶の中身をこぼした時についたものなんです」

ミスター・ラムズボトムが膝をこちらに突き出したので、わたしは屈んでそのしみを見た。まったく血痕には見えないし、バーマンがそう推定したとも思えなかった。警察業務の倫理について考えたばかりだったせいか、警部に背くのを覚悟で場をとりなす必要性を感じた。

「血の跡のはずがないです。ミスター・バーマンは鎌をかけたんじゃないですか？　あなたを怖がらせようとして大げさに話したのかもしれません」

「なるほど？」ミスター・ラムズボトムは言った。「まあ、その可能性はありますね。でもそれならミスター・バーマンに敬意を払う必要はないですね、まったく」

「ほかにも何か訊かれましたか?」

「これまでのことについてだけ。率直に話したら、生計を立てるために苦労する中で、裏稼業の者とも会ったはずだ、と示唆されました。そりゃ、任務や任地によって一度や二度そういうこともありました。だから認めたんです、正直に。するとミスター・バーマンは、なるほど、と言いました。いったい何に納得したんだか、もう行っていい、と言われました」

4

数分後、わたしは再びバーマン警部に呼ばれた。今回警部はやけに上機嫌のようで、わたしの背後でドアが閉まったとたん、こう言った。「そういえばミス・パルグレーヴ、さっきの謝罪はことさら深刻に受けとめる必要はないんだろう?」

「いいえ、そんな。誰彼かまわず頭を下げるわけではありません、わたしが謝る時は――」

「ああ、それは悪かった。てっきりアーミテージ巡査を部屋から出す口実とばかり思ったから――その、彼の私的な目的のために。もしそうなら、きみは実に賢いと思うべきだったが、そうでないなら、この話はこれくらいにしておくかな?」

わたしは思わずバーマンに近づき軽く抱擁した。警部はかろうじて気に入らないそぶりをした……いい、気に入ったのだろうが、威厳や何かしらを保つために感情を押し殺すべきと思ったのだろう。

空気を察してわたしは言った。「賢いかもしれないと思っていただいて光栄です、警部。買い被りなさっていたとしても」

「きみの賢さを疑ったことなどないよ、ミス・パルグレーヴ」バーマンが言う。「それが正しく働くのを望むばかりだ。いまのところ、きみはよくやってくれている——事件の手がかりなのかどうかを把握するのに実に助かるよ、おかげで無関係なものを排除できる。ミスター・ラムズボトムの服の血痕もそのひとつではないかな。血液型鑑定ではっきりするだろう。当然ながら、あの血痕で警察を翻弄する巧妙さを備えている可能性もあるが、後々、彼自身の血痕だと判明して容疑者リストから外すかもしれない。そこまで頭が回る男かどうかは疑わしいので、当面はリストの一番下にしておこう、ヘザーズと一緒に」

バーマン警部は打ち解けた雰囲気を醸し出して話を続けた。「この事案では捜査しにくいのが厄介だ。容疑者こそ少人数で扱いやすいが——狙われていたのがウィッキーかケントなのかは判然としない。ウィッキーがわたしのもとに訪れた理由もわかっていない。それに指紋のような明快な手がかりもない。凶器は寝室に備え付けられた火かき棒だから、捜査の助けにならない。そして容疑者は皆等しく犯行現場に出入りできた。つまり探り出せるのは動機ぐらいだから、捜査は遅々として進まない」

「この事件に関わってから、まだ九時間じゃないですか」

「もうそんなに？　やれやれ、急がないといけないな。ラムズボトムとヘザーズはリストの一番下、スパークスとジョージ・マンローが一番上だ。次はそのふたりを探るとしよう」

わたしは言った。「そうしますか？」説明したがる警部は嫌いではないが、何らかの理由があるのは明らかだ。ミスター・スパークスやジョージ・マンローを警部がきつく尋問するだけなら——

「スパークスには、てこずりそうだ」バーマン警部が言う。「本来知らないはずのことを――感謝するよ、ミス・パルグレーヴ――わたしは知っているんだから。もしかすると捜査を台無しにするかもしれない。だからほかの人物から同じ話を聞く必要がある。きみが口止めされた時の言い回しを、もう一度教えてくれないか？」

わたしが再び伝えると、警部はブライアンにミセス・マンローを呼んでくるよう指示した。

5

夫人が来るなりバーマン警部は容赦なく言った。「このお嬢さんは実にけしからん。あくまでも黙秘を貫いているので、やましいことがあるか、誰かをかばっているかだろうと結論づけるしかありません。刑事事件では人をかばうなんて危険極まりないと知るべきです。結局はその人物への容疑が増すだけですから」

ミセス・マンローは動揺している時につきものの、わずかな〝狼狽〟を見せた。「ええ、そうですわね」夫人が答える。「確かに。とても浅はかね」

バーマン警部が言う。「よかった。とにかく賛成してくれて嬉しいですよ、ミセス・マンロー。それはそうと、このような共同体はいざこざがつきものでしょうね。そういった話を聞かせてください」

「まあ、そんな」夫人が大きな声を上げる。「いつも和気あいあいとしていて、暴言なんて聞いたこともないですし。とても好感が持てます。皆ミスター・ヘザーズの状況を気の毒に思っています。甥御さんが姿を消している件です。皆、同じ思いですわ」

「なるほど。その中にあなたの息子さんも含まれますか？」

「ジョージですか？　あら、息子は別行動ですの。苦手なんですって、この下宿屋が」

「なるほど」警部は再び言った。「ところで、息子さんのお仕事は？」

「そうね、ここだけの話ですが、働くのが苦手なんです。芸術家肌で」

「つまり、あなたのすねをかじっているんですか。息子さんご夫婦を無料で住まわせて生活費まで与えているんですね？」

「かなりの貯えがありますので」ミセス・マンローが心外だとばかりに言う。「ここを始める前から。そのうち息子のものになりますから、支援するのは当たり前でしょう？」

「息子さんは相当口がうまいらしい。この下宿を閉めるのも息子さんの計画のうちでは？」

「あら、ジョージはそんなこと、クラリッサだって。確かに手助けしたり交わったりはしませんけど。わたしだって、それほど息子夫婦を支援しているわけではありません」

「なるほど」バーマン警部が言う。「しばらくはあなたが采配を振るうかもしれないけれど、ずっとではないんですね。それについて息子さんはどう言っていますか？　つまり、続けても無意味だとあなたが思うような事件が起きたら、息子さんに好都合なのでは？」

バーマン警部が夫人に慣れただけでなく、夫人も警部の言わんとしていることを感じ取っているのをわたしは悟った。夫人がすかさず言い返す。「それとこれとは違います」大声を上げる。「息子に限って、そんなこと。失礼にも程がありますわ」

警部が言う。「うまく噛み合うかもしれませんがね。息子さんはミスター・ケントに対して反感を抱いていない、という理解でいいですか？」

「ええ、そうだと思います。ふたりはタイプが違いますから。ジョージは繊細ですし」

「友情を育んではいないが反感も抱いていない、というわけですか？　なるほど。下宿内でいがみ合いはありませんか？　喧嘩の場に居合わせたりは？」

「ジョージは誰とも喧嘩などしません。いつも穏やかなので」

「息子さんについて話しているのではありません。この館の中で言い争いがなかったかどうか、尋ねたんです」

「あら。そうですね、ミスター・ラムズボトムが物を壊した時にきつい言い方をしたくなることはありますけど、実際にはそうしませんし、あの方も言い訳などしませんから、喧嘩とはいえませんでしょう。下宿人が互いに批評し合う時はありますが穏やかなものですし、元気がなかったり天気が悪かったりするせいで、ささいなものです。皆仲よくしていますからね」

夫人の狡猾さに改めて感心する。うまく切り抜けられたと確信したのか、思い切り笑みを浮かべて警部に話している。だがバーマン警部は言った。「ここ数日で、喧嘩はありましたか？」

ミセス・マンローは答えない。

警部が食い下がる。「皆が揃うような、食事時などはどうです」

それでも夫人は黙ったままだろう、とわたしは思った。最初はそのつもりだったようだが、名案を思いついたらしい。夫人は口を開いた。「お話ししたとおり、息子夫婦は食事には来ませんわ。ジョージとクラリッサです。人当たりはいいですが別行動なんです」

バーマン警部が言う。「ミセス・マンロー、その説明では、質問を言い抜けようとしているように思えます。わたしがあなたの息子さん夫婦について話しているのではないのは、よくおわかりでしょう。ミス・パルグレーヴ並みに頑固で非協力的ですね。情報を漏らさぬよう、女中と示し合わせているとみなしますよ?」

それをきっかけにわたしが中に入ってとりなすはずだったのだろう。捜査を進めるためにはそのはずだった。そこでわたしは口を挟んだ。「口止めしたのはミセス・マンローではありません。違います」

警部が言う。「違う? それは興味深い。ミセス・マンロー、いかがです?」

夫人は再び狼狽した。「まあ。そう言われても困りますし、何とも言いようがありませんわ、もしそうだとしても。周りがそう思うのでしょうし。ひとりだけ目立つのもね? いいこととは思えませんし、そうするつもりもありません。あなたがそんなにわからず屋で偏屈でなかったら。だって息子はパンとグレービーソースの食事は遠慮する、と言っただけなんですから」

バーマンの反応を見たくて、わたしは目を向けたが、警部が何の感情も示さなかったので、不覚にもわたしは微笑んだ。ミセス・マンローの取っ散らかった話しっぷりにではなく、警部がわからず屋と言われたことにわたしが笑った、とバーマン警部は思っているようだ。笑われるのが何よりも嫌いな警部は、眉をひそめて言った。「あなたをお引き留めするには及びませんね、ミス・パルグレーヴ。そうして座ったまま時間を無駄にする必要はありませんよ」

わたしは落ち込んだ。この事案から外されると思った。だがそれは思い過ごしだった。

6

卓球室のドアを閉めた時、玄関ホールで物音がして玄関のドアが開くのが見えた。ノブを回しただけで開くドアではないので、誰かが鍵で開けたに違いないと思い、ジョージ・マンローが散歩から戻ってきたのだろう、と見当をつけた。卓球室のドアの前には、いまも巡査が立っている。ジョージに言い寄られるのは——気があるそぶりだけでも——ごめんだったので、急いで地下のキッチンへ下りようとしたが、階段にたどり着く前に相手に気づかれた。「やあ、きみは誰だい?」明らかにジョージ・マンローの声ではなかったので、わたしは振り返った。浅黒くて背が低く、あまり人好きのしない男性が玄関口に立っている。

男性は再び尋ねた。「ねえ、きみは誰?」

わたしは言った——バーマン警部やミセス・マンローのことまで考慮せずにいたと気づくべきだったが——「あなたこそどなたですか、無断で入ってきて?」

「ああ、ぼくはここに住んでいるから。ジョン・ケントといいます」

7

一刻も早くバーマン警部に報告すべきだと思った。だがミセス・マンローの前で言うわけにはいかない、というより女性捜査部巡査パルグレーヴとして夫人の前で警部と話すわけにはいかない。

わたしは卓球室に引き返し、警部の疎ましそうな視線を無視して言った。「すみません、警部さん。ミセス・マンローといますぐ話す必要があります。緊急なんです」

わたしが機転を利かせていると警部はすぐにピンと来たようだ。「わかりました。割り込まれるのはわたしの好むところではありませんがね、ミス・パルグレーヴ。ニンジンが煮こぼれたというより重要な理由であることを望みますよ。それで、何ですか？」

わたしは言った。「それより重要なんです、警部さん――奥様にとって、という意味ですけど。ミセス・マンロー、ミスター・ケントがお帰りになりました。ご自分の鍵でドアを開けて館に入られました」

「まあ！」夫人が叫ぶ。「この万事が大騒ぎの時に。でも待ちかねていたし皆さんも喜ぶはずよ。あらまあ。いつもの部屋は使えないと伝えてくれたかしら？　わたしから言ったほうがいいわね」

立ち上がった夫人にバーマン警部がすかさず声をかける。「話はまだ終わっていませんよ、ミセス・マンロー。今日の朝食時に何があったか話そうとしていましたね。どうぞ座ってください」

「なんて不便なんでしょう。わたしが行かないことには。歓迎されていないとミスター・ケントに思われたくないんですの、たとえそれがわたしの本心でなくても。クラリッサのこともありますし。わたしが間違っているかもしれませんから、不公平ではありますけど。実際よくわからないわ。とにかく行って、お帰りなさい、と声をかける必要があるのは確かです」

バーマン警部が夫人の好きにさせるとは思えなかった。人は緊張しすぎると、得てして言葉数が多くなるものだが、いまのミセス・マンローはまさにその状態だった。口を滑らせかねない、こんな時こそ刑事が常に待ち望んでいるものだ。しかしてバーマンは言った。「ちょっとお待ちを。話を整理しましょう。ミスター・ケントは帰ってこないほうがよかった、息子さんの奥さんと親密だから、とおっしゃった。そうですね？」

「あら、違いますわ。そんなこと言っていません。気が動転して、わけのわからないことを口走っただけです。そんなつもりはありませんでした」

「では何を言うつもりだったんです？」

わたしにはミセス・マンローが観念したように思えた。言い逃れしようとして夫人が話しかけてくる。「キティー、ミスター・ケントの部屋のベッドを整えなくてはいけないわ、もちろん別の部屋にね。いつものところはあれだから、ああ、指示するにも困るわね。隣の部屋に入ってもらって。あと一、二分でわたしが説明に行きます」

バーマン警部が言う。「ミスター・ケントとクラリッサさんに関して、何を話すつもりだったのか、と尋ねましたよ、ミセス・マンロー」

「まあ、動揺して頭が真っ白なんですの。考えなしに口から出たものを、気になさるんですね。つもりも何もありませんわ」

警部をちらりと見ると、わたしの助けを必要としていないようだったので、ミスター・ケントに対応するために部屋を出た。バーマン警部が夫人を解放するまでどれほど時間がかかるだろう。

8

ミスター・ケントはまだ玄関ホールにいた。「来てくれたね！　いったいどうなっているんだい？

警官だらけで、半分ほどの部屋に錠が下りている。ぼくの部屋も閉まっていて入れなかった。いったい何が起こっているのか知りたくて、きみを追って卓球室に入ろうとしたら警官に止められて、警部がどうとか言われた。何なんだよ！　ここは警察署にでもなったのかい？」

「別の部屋にご案内するよう、ミセス・マンローからことづかっています」わたしは言った。「いまからベッドを整えます。とりあえず伯父様に会いにいかれますか？」

「ことの次第がわからないうちは何もしないよ。そもそも、きみは誰だい？　そこからはっきりさせたい。きみも警官かい？」

わたしは無理にくすくす笑った。「えっ、警官ですか？　あら、そんな風に見えるなんて嫌だわ！　わたし、ここの新しい女中です」

「わかった。なら説明してもらおうじゃないか。なんで刑事《デカ》がいるんだい？」

その俗称を知らないふりをしたほうがいい、と気づいたので、答える代わりにシーツと枕カバーを取りに乾燥用戸棚に行った。

寝室に戻るとミスター・ケントがいらいらした様子で言った。「で？　さっさと教えてくれないか？」

「昨日の夜、下宿人《ボーダー》が命を落とされました」

「『命を落とされました』ってなんだよ？　交通事故か？　誰が？　伯父貴じゃないな、さっきの様子じゃ。するとスパークス？　それともご機嫌取り《クローリング》のチャーリー・ラムズボトムかい？」

「交通事故じゃありません。殺されたんです」

ケントは口笛を吹いた。「はん！　嘘だろう？　誰が？」

「昨晩来たばかりの方でした。ミスター・ウィッキーとおっしゃいます」

「え？　ミスター・誰だって？」

「ウィッキーです」わたしは繰り返した。

「へえ。知らない人でほっとしたよ、スパークスかラムズボトムだったら泣くかといったらそういうわけじゃないけどね。いなくなるなら遺体で運び出されるより、歩いて出ていってほしいからな。それで、そのディッキーっているのは何者だい？」

「ウィッキー、ジョゼフ・ウィッキーさんです。警察によると金庫破りだそうです」

「へえ。さっき『強盗《バグラー》』じゃなくて『下宿人《ボーダー》』と言ってたよね」

「はい。ウィッキーさんはここに下宿するために来て、南アフリカでダイヤモンド商人をしていると言っていました」

「ふーん、聞いたことのない名だ」

「ミセス・マンローはウィッキーさんが来るかもしれないとわかっていました。あなたには話さなかったんでしょうね」

「そうだな。夫人はあまり教えてくれないんだよ、ぼくは伯父貴が暇すぎて気が変にならないよう、ここにいるだけだから。夫人に訊いてごらん、ぼくをここの厄介者だと思っているから。その言葉をそっくり返したいけどね」

　いつだったかミセス・マンローはケントを〝すてきな〟人だと言っていた。わたしにはピンとこないが。その後にもほかの下宿人についてもそんなようなことを言っていたから、口癖なのかもしれない。

9

不意に寝室のドアを叩く音がしたかと思うと、応答する間もなくドアが開いた。戸口に立ったまま警部がこちらを見ている。「ミスター・ジョン・ケントですか？　わたしはバーマン警部です。昨夜ここで殺害されたジョゼフ・ウィッキーに関して聞き取りをしています」

ケントが顎をしゃくって、わたしを指し示す。「女中から訊きました。それでぼくの部屋が閉め切られているんですね？　ここに押し込まれてひどく不便ですよ、私物はすべて隣にあるのに取りにも行けない」

「ことがことですから、皆さんにとって不便なのは承知の上です。あなたは昨晩不在で幸運でしたよ。いなかったんですよね？」

「どこにですって？　ここに？　もちろんいませんよ、いるはずないじゃないですか？」

「あくまでも確認です」警部が言う。

「なら、ばかな質問はやめてください」ケントが噛みつく。「こっちは戻ったばかりなんです」

「いい旅でしたか？」バーマン警部は落ち着きはらっている。「夜中じゅう移動していたんですか？」

「それがどうかしましたか？」

「どちらから戻ってきたのか、距離を測る助けになりますのでね。あなたが夜中に戻り、玄関の鍵を開けて館に入った可能性がなくなる場合もありますので」

「ほお、そうですか？　容疑をかけようとしているんですね？　でもその必要はありません。ぼくが戻ったのは十分前ですよ、週の半分ほど部屋を空けていたんです」

「よろしい」警部が言う。「その間どちらへ?」

「あなたに関係ないでしょう」ケントが言い返す。

「いや、おおいに関係がありまして。昨夜この館に侵入した者が出入口を破壊した痕跡がないんです。あなたは鍵を持っていたから、入るのにドアを壊す必要はなかった。夜間に殺人がありましたから、誰が室内にいて、誰が出入りできたか知るのは警察の関与するところです。鍵のことがありますから、あなたも関係があるわけです。どうかお話を訊かせて――」

「勘違いですよ」ケントが切り返す。「ぼくは鍵など持っていません。夫人は心配性だから、玄関ドアは夜にかんぬきで閉める規則になっています」

バーマン警部がこちらを向く。質問される前にわたしは口を開いた。「ミセス・マンローから聞いていなかったんです、警部さん。だから閉めませんでした。夜半に警部さんに来てもらった時もドアにかんぬきはかかっていませんでした」

ケントが口を開く。「ああ、なるほどね。でもそれはこれまで同様ぼくには関係ない。つまり、ぼくが関わる点はないということですよ」

「なるほど」いつものごとく、納得しない様子でバーマン警部が言った。「すると、ここにいる時はいつも門限を守っているんですね?」

「遅くなる時は夫人に言っておけば開けておいてくれます」

警部が言う。「そうですか。それについては頻度など夫人から話を訊くことにしましょう」

「どうぞ。それがどうだというんです?」

「これで、あなたがときどき深夜に帰宅するとわかりました。なぜです？」

「ここでは若いほうだからですよ。外で遊んでもいいでしょう？」

「ここ数日部屋を空けていたのもそのためですか？」

「そうですけど、それが何か？」

「いいえ、どこで楽しんでいたか教えてもらえれば」

「ああ、またその話ですか？　期待に添えませんね」

「あなたは遊興のために部屋を――三、四日――空けたんですね、ろくに荷物もパジャマも持たず」

ケントが大きな声を出す。「いいですか、わたしがシャツのまま寝たって、あなたに関係ないでしょう？」

警部が答える。「いや、ありますね。どこにいたか教えてくれなければ」

「納得いかないな。ただ遊んできただけです、察してくださいよ。殺人とは無関係ですから、何も訊かれる筋合いはありません。とにかく何も話すつもりはありません――誰かに迷惑をかけるかもしれませんから」

「なるほど」警部が言う。「誰の髭剃りを借りたんです？」

「地元の薬局で買いましたよ。歯ブラシも」

「見せてください」

「え？　もう捨てました、ここにもありますから」

「それは不自然ですね。一緒にいた誰かから借りたというほうが、もっともらしい」

ケントが言う。「仕方ない。当たりです――ほとんどね。実は相手のご亭主が留守だったんで、それを拝借しました」

「なるほど」

10

しばらくして警部が口を開いた。「ご職業はジャーナリストと聞きましたが、合っていますか?」

「ええ、そうです」

「どの新聞です?」

「新聞専属じゃないんです。寄稿するので」

「それではこの半年で寄稿記事が載った新聞社を教えてください」

「ありませんよ、競争が厳しくてね。最近は運がありません」

「なるほど。どうも口が重いですね? 何ひとつ確認できない。そうなると、あなたについて情報筋から訊けてよかったんでしょうね。ジョー・ウィッキーからですよ」

ケントはハッとした。それを見ても、わたしは驚かなかった。一瞬動揺したが、顔に出してはいけない、と自分を戒めた。そもそも、それが事件の発端なのだ。

ケントがオウム返しに言う。「ウィッキー? 死んだ奴でしょう? ぼくのことなんて話せるはずがない」

「同業者だと言っていました」

「へ? 裏稼業ですか? ばかな。ぼくはまっとうな男ですよ」

すかさず警部が切り込んだが、わたしは止められるものなら止めたかった。警部は言った。「ウィッキーが犯罪者だと、どうやって知ったんです?」

「金庫破りでしょう?」ケントは満面の笑みで警部に言う。「知ってるなんておかしいと思っているんですね? 少しもおかしくないですよ。ちょうどあなたが入ってくる前にこの娘から聞きました」

「なるほど」バーマン警部はいつだって窮地を逆手に取る。「ウィッキーなど知らない、とは断言しないんですね?」

「いや、知りませんよ。そんな名前に心当たりはありません」

「するとウィッキーがあなたを知っていたとは妙ですね。あなたがここに住んでいると言っていましたよ。あなたの伯父さんについても話していました、ここ数年あなたがたが犯罪に手を染めている、と」

「はん、どうだか。どうせでっち上げでしょう。とにかく、ウィッキーなどという名の男は知りませんし、ぼくに前科なんてないですよ」

「そうですか? なら指紋採取にご協力いただけますね?」

「取っても役に立ちませんよ。警察署で照合できると思っているなら的外れです」

警部が言い返す。「照合できないのはわかっています——ですが、こちらには役に立つかもしれませんので。不満がおありのようですね?」

「あったところで何か変わりますか? この館からいくつでも指紋は採れますよ、ここにいるんですから——ぼくだって手袋をいつもつけてはいられません」

「それでは担当に確認してもらいましょう。それと、昨晩のアリバイを訊いてもいいですか?」

「いい加減にしてください！」ケントが言い返す。「いまはやめてください。ぼくが昨夜ここに来た証拠をあなたはつかんでいるんでしょうが――でっちあげじゃない、ちゃんとした証拠を――ぼくは抗議しますよ。夜を共にした女性の住所を教えましょう、ぼくは今朝七時までそこにいました。それで気が済みますか？」

第十章　最上階にて

1

わたしはてっきりミセス・マンローが部屋に来て、ごちそうを用意するかどうかは別として、ジョン・ケントを温かく迎えるものと思っていたが、やってくる気配はなかった。夫人はもっとブランデーが必要だったのだろうか、と思いつつ、わたしは部屋を出てキッチンへ急いだ。

夫人は代わりに紅茶を飲んでいた。泣きぬれていて、カップのお茶が減った分だけ涙で注ぎ足しているように見える。

「ああ、キティー」夫人が叫ぶ。「怖くてたまらないわ、あの恐ろしい人も聞き取りも。とても混乱するの、あら捜しをされているのよ。わたしが誠実でないみたいに。ミスター・スパークスのあんなことがあった後ですもの、話などしたくないわ。だから話そうとしても、たいして役に立たなかった。本当に気分が悪くて、とてもじゃないけれど無理。ミスター・ケントに挨拶にいく件だけれど」

「ミスター・バーマンに全部お話しになったんですか?」

「あら、できなかったわよ。ジョージについてはね。すべて話せはしないわ、だって無意味かもしれないもの」

「ミスター・ヘザーズとミスター・スパークスの件はすべて話したのかどうか、を伺ったんです」

「そのことなのよ。ミスター・ヘザーズにできたと思う？　グレービーソースの恨みで？　犯人なんて見当もつかないけれど、ミスター・ヘザーズは変わり者で無口だから、何とも言えないわ。気が動転していたら、あり得るのかしら」

「それについてミスター・バーマンはどう思ったんです？」

「ああ、わたしからは尋ねなかったわ、だってそうでしょう？　何も言うまいと抵抗していた時だったし、その後で刑事さんが探し当てても、わたしがそれを重要視していなかったと思ってほしかったの。だから話さなくて当然よね？」

「でも重要に思えたはずでしたのに。警察に話すべきでない、とミスター・スパークスが言っていたのを、奥様が警部さんに話していたら」

「確かにとても大変だったわ、そうしないようにするには、という意味で。でも刑事さんはいつもあだから、こっちも混乱して何を言ったか覚えていないし、もし何か口走っていたら、いつものように勘ぐられるかもしれなかった。だからしまいには、何だかわからなくなってしまったの、どうにもこうにも。でもあなた同様わたしも、何か隠しているって問い詰められたのよ」

「確かに、そうだったような気がします」わたしは言った。

「そうでしょう。わたしのように、心にもないことをね。ミスター・バーマンはそう仕向けたんだわ、わたしたちがグルになっていると言って。それで、もちろんあなたは否定した。あなたが立ち去ったすぐ後に、あなたから聞いたんだ、と刑事さんは言ったのよ。わたしに何ができるというの？　奥様の犯行ではない、とあなたが言ったって刑事さんから聞いたの。なら誰だっていうのよね？」

「奥様を巻き込んでしまって、すみません」わたしは言った。

「わたし以上に、こういうことに慣れていないようね。あなたが早合点している時にはいつも注意できるようにするわね。たまらないわ、とんだ迷惑よ、ミスター・バーマンはあちこち飛躍するんですもの。混乱して、くたくた。ああ、具合が悪い」

わたしが勧めたお茶のお代わりを飲むと、夫人は話を続けた。

「それに、ミスター・ヘザーズやミスター・スパークス、それからあなたが言ったことだけじゃないの。わたしが知らないで何気なく口にしたことまでよ。ジョージについてもいくつか訊かれた。クラリッサについても。でもどう話したか覚えていないわ、同じ質問ばかり延々としていたと思うと、不意に話が元に戻るんだから」

「それが警察のやり口なんですよ」わたしは言った。「捜査が始まってからわたしも同じ目に遭っています」

「本当に厄介よねぇ」

それから夫人は口を閉ざしたので、しばらく様子を見守った。もう気が済んだのだろうと確信できた頃、わたしは話しかけた。「特に息子さんについて訊かれると厄介だったんですね？」

「あら、何しろあの子は脆いところがあるから。バランスがとれていたらよかったんだけど。体力はあるのよ――でも、別の意味でとっても弱いの――誘惑に。過保護にしたせいなの、夫が天に召された後ふたりきりだったから、どうしてもね。欲しいものは何でも与えて甘やかしてしまった。子供の時から息子は女の子が好きで、いまもそうなの。知っているのよ、息子がときどき遊んでいるのは。

もっとも独身の時はそうだったっていう話で、いまはわからないけれど。浮気相手がいるかどうかはね。あなたにも警告したから大丈夫だったわよね」

「ご安心ください」わたしは応えた。

「息子が結婚した時にはこれで一安心だと思ったの。でも相手がクラリッサで失望した。きれいだけど、いままでと同じタイプの娘さんだったから。彫像みたいに頑ななのよ。ジョージは、あんな派手なタイプじゃないお嬢さんと結婚したらよかったのに。だから気が気じゃないの、しっくりいってないんじゃないかって。息子のジョージとクラリッサが。だからミスター・ケントが来たらクラリッサは会うようになったんだわ、ジョージに隠れて。わたしはそう思ってる」

この情報はぜひともバーマン警部に報告すべきものだった。夫人を困らせたりはしない、〝小耳に挟ん〟だので、報告しようというだけだ。だが気が引けたし――これ以上聞きたくもなかったので、わたしは言った。「ミセス・マンロー、ご説明には及びません。思い浮かんでも口に出す必要はありませんよ」

「あら、でも話したいのよ。あなたがとっても親切だから信頼できるの。ミスター・バーマンにはそういうわけにはいかないわ、きっと勘ぐるでしょうから。あなたは別格よ、刑事さんに訊かれても言わないわ」

それを聞いて心苦しくなった。

わたしは言った。「その件を警部さんに話さなかったんですね?」

「ああ、そうだと思うわ。気が気じゃなくて、いろいろ訊かれても混乱してしまって、なんて応えたか覚えていないの、でも話していないと思うわ。とても不安だったもの。わたしに心当たりはないし、ジョージにだってそうだと思うの。ミスター・ケントに何があったか、なんて考えたってわからないわ。公園で一度ふたりを見かけたの。別に悪いことじゃないけれど、クラリッサは慎むべきだったわね、そうやって始まるものだもの」

「わたしも妻子持ちの男性と公園で会ったことがありますよ。だからといって、その人と夜を共にはしませんでしたけど」

「まあ、キティーったら！」夫人はいかにも驚いた様子で言ったが、何に異を唱えたのかわからなかった。会ったことか、情事に至らなかったことか、その手の話題を口にしたことか。夫人の気を紛らわそうとしたが、一分もたたずに努力は水泡に帰した。夫人は再び息子について話し出した。

「ジョージが気づいているかわからないの。たぶん気づいていないわ、もし気づいていても、わたしには信じられない。夜、ひどく嫉妬した息子が前後不覚になって下りてきたら、あの部屋にいるミスター・ウィッキーをミスター・ケントだと思ったかもしれなかった。それが心配で頭から離れないの」

「そういうのを警察は証拠と取らないはずです。息子さんが夜に下りてきたとお思いになる根拠が、少しもないじゃないですか――そもそも下りてくる必要があると思えません」

夫人は言った。「寝つけなくてお茶か湯たんぽが欲しくなったかもしれないわ」

「そういうのは上のキッチンでこと足りるはずです」

「切らしているかもしれない。それに、わたしの余っている湯たんぽを借りようとするかもしれないわ、クラリッサにお湯を入れ替えてもらう手間をかけないように」

ラケルが「慰められるのを願わない」（エレミヤ書31章15節）ように、夫人がひどくひねくれているように思えた。慰めるのは諦めて、夫人の注意を逸らせることに集中して、きちんとした昼食《ミッドデイ・ディナー》の準備に駆り立てた。どうやら昼食は遅くなりそうだった。

2

昼食は大成功とはいかなかった。料理を指しているのではないが、料理もよかったとはいえない。というのも混乱状態にあるミセス・マンローが砂糖と塩を間違えたからだ。全員テーブルに着いた後でその失敗が発覚した。

わたしが夫人を気遣っていなければ、そして、実は裏切り者《ユダ》であるわたしの正体がばれていないか心配でなければ、バーマン警部の聞き取りを受けた五人全員が揃った場面は興味深かっただろう。食事風景にはいつも圧倒される。旺盛な食欲や健全な精神とはほど遠いが。わたしは自分のことで頭がいっぱいで、周囲の状況にほとんど気づけなかった。

もっとも、わたしの印象では気に留める事柄はほとんどなかったかもしれなかった。ミスター・ケントの帰宅を喜んでいる人は誰もいない。かろうじてミセス・マンローが「お帰りなさい」と声をかけたものの、それ以上は続かず、「嬉しいわ、皆そう思っているはずです」とはならなかった。そのあと夫人は黙りこくってしまった。

夫人の助けなしにはほとんど会話が弾まない。少なくともミスター・ヘザーズが甥に何かしら声をかけるのを期待した。ブライトンだかどこだか知らないが、天候はどうだったか、だけでもいい。だがふたりの間で言葉は交わされなかった。もっともわたしが料理の皿を置いた時、ミスター・ヘザーズは「ふうむ」とつぶやきはした。

ミスター・ラムズボトムは厄介事を披露しようとしたが、誰も興味も同情も見せなかったので、諦めたようだった。ミスター・スパークスは――バーマン警部の聞き取りを受けたかわからないが――誰にも話しかけなかった。ミスター・ケントは気の合う相手を見つけられないようだった。

食事が終わった時、全員がほっとしたのではないだろうか。ミスター・ラムズボトムが皿洗いの手伝いをすると申し出なかったので、ミセス・マンローとふたりで洗ったが、〝疲れ果てた沈黙〟の中で行ったように思えた――昨夜ほとんど眠れなかったつけが回ってきたのだ。

そういうわけで、わたしは自室に戻って休むつもりだと伝えた。「奥様も横になったほうがいいですよ。このまま家事を続けたら、ふたりとも明日は使いものにならないと思います」

「あら、そう？　でも三十分くらいにするわ。だってお茶の時のケーキがないんですもの。昨日食べ終わってしまったのよ」

いま買ってきますよ、とわたしは言ったが、ミセス・マンローにとっては、館内の殺人事件で気を病んではいても、それでは流儀に反するようだった。ケーキは作るもので、買うものではないらしい。

「あら、それは無理。みんなだって受け入れないはずよ。買ってきたケーキを食べるなんて、性に合わないし様にならないわ。いつもどおりにするのがとっても大切なの、キティー。こんな事態だからこそ。じゃあ、三十分ほど横になろうかしら。無理だと思うけど、眠るのは」

「湯たんぽをふたつ使ってアスピリンも二、三錠飲んだらいかがですか」わたしは勧めた。「それから目を閉じて三四七一に二八九を掛けた数を暗算するんです。答えが出る前に眠っていますよ」

「まあ、本当？　あなたってとても親切ね、キティー。でもわたしは苦手なのよ、計算がね」

3

ちょうど玄関ホールへ行った時、誰かが玄関から出ていった。巡査の任務が終わったのかもしれなかったが――そんなことはどうでもいいくらい、ひどく眠気に襲われていた。

階段の先にバーマン警部の姿を認めた。警部は振り返ってこちらを向き、脇へ避けて道を譲ってくれた。警部がどの部屋に行くつもりなのかわからなかったが、それもどうでもよかった。

最上階に着いたわたしは、ジョージ夫妻と会わずにベッドルームに入りたかったが、まさに部屋に入ろうとした時、クラリッサの声がした。「どうして戻ってきたの、ジョージ？」そして居間から出てきたクラリッサが言った。「あら、あなただったの。ねえ、階下はどうなってる？　もっとも、そう驚きはしないけどね。お義母さんがわざわざあんな人たちを下宿させているんだもの、遅かれ早かれ厄介事が起きて当然だったわ。みんな互いに虫が好かないんだから、喧嘩になったって不思議じゃない」

「そういうんじゃなさそうです。ミスター・ウィッキーは昨夜到着したばかりで、皆あまり知りませんでしたから」

「じゃあ誰かが殺人鬼なのよ。それだって不思議じゃないわ」

その時、出入口のベルが鳴った。「いったい誰？」クラリッサがドアを開けると、そこにいたのは警部だった。

「こんにちは、ジョージ・マンロー夫人。ロンドン警視庁のバーマンです。お尋ねしたいことがあるのですが？」

「階下の年寄りたちの喧嘩のこと？　ねえ、そうでしょう。でもわたしは無関係よ」

「事件当時あなた方ご夫婦は在宅でしたね。いた方全員から聞き取りをするのがわたしの仕事なんです。ご主人がちょっと前に出ていくのを見ましたが、後で話を聞けるでしょう。それまで少し質問に答えてもらうのは――」

「ええ、いいわ。何も話すことはないけど」

「内々にお話ししたいだけです」警部は実に滑らかに言い、こう続けた――わたしには取ってつけたように思えた――「部下を連れてきていないんでね」

そして警部はこちらを見た――ドアが開いた瞬間、わたしに気づいたのだろう、わたしはずっとクラリッサの後ろにいたのだから。いま初めて公式にわたしを見たわけだ。

「おや、ここの仕事を引き受けているんですか？」

「いいえ、ベッドルームがここにあって、これから少し休むところです」

「なるほど。実に便利ですね。まあ、きみにはここにいてもらう必要はありません」

クラリッサに聞こえるよう、わたしは音を立ててベッドルームのドアを閉めてから、ひそかに、ほんの少し再び開けた。横に椅子を持ってきて、メモ帳とペンを手に座る。眠気は吹き飛んだ。

盗み聞き？　卑怯？　いや、それは違う。

バーマン警部は常に聞き取りの内容を記録したがる。そしてブライアンなり、ほかの巡査なりのメモが役に立たないと、警部は困った立場に追い込まれる。いま警部はわたしに命令を下したのだ。

「ここの仕事を引き受けている」「実に便利」という発言ではっきりしている。

会話がこちらに聞こえやすいよう、警部が居間のドアを開けたままにしたのが見えた。

4

バーマン警部は言った。「ふたりきりのほうがあなたもいいんじゃないかと思いましてね。ご主人は外出中ですから、ここだけの話でもいいんです」

クラリッサが言う。「え、いったいどういう意味です？」

「よくご存じなのでは」

「いいえ、さっぱり」

「そうですか？」警部が言う。「それは残念。ミスター・ケントが戻ってきてから会いましたか？」

「ミスター・ケント？　戻ってきていたの？」

「今朝ですよ。ケントがあなたに会いたがるとお思いですか？」

クラリッサの笑い声が聞こえたが、いささか不自然な声だった。

「なんてばかげた質問！　なぜわたしに会いたがるの？」

「いまケントが上がってきたら、あなたはとても驚くだろう、という意味ですよ。わたしのようにご主人様のいない間に来たら？」

クラリッサが言う。「ここの誰かの弱みを握ってるのね！」

「おそらく。でもそれでは答えになっていません」

「だってミスター・ケントが来るなんて期待していないもの」

「それも答えになっていません。もしミスター・ケントが上がってきたら驚くか訊いているんです」

「もう！　ええ、そりゃ驚くわよ」

「なるほど」警部は言った。「ケントとは友人関係だと把握していましたが」

クラリッサが言い返す。「このやり方、疲れてきたわ。警察の人だと言っていたわね、それらしく見えないけど。ここに来たのは、あの男が昨日の晩に殺されたからね、ようやくわかった。どんどん捜査すればいいわ、事件に関係ないことは放っておいて」

「あなたとミスター・ケントのことですか？」警部が言う。「あいにく捜査に関連していまして——少なくともその可能性がありまして。関係ないと納得してもらいたいのなら、腹を割って話したほうがいいですよ」

クラリッサが切り返す。「見当違いだわ。腹を割ってないのはそっちじゃない？」

「わかりました。ミスター・ケントがいつも使用している部屋で、昨晩ある男性が殺害されました。抵抗の跡がなかったので、暗闇の中で襲われたと思われます。その場合、犯人は被害者をミスター・ケントと思っていた可能性があります。だから、ケントと関係があったと思われる人物に関心があるんです」

長い沈黙が下りた。クラリッサが口を開く。「つまり、わたしが——ジョン・ケントと喧嘩して——殺したとでも？」

バーマン警部が静かに言う。「その可能性もあります」

「あるもんですか」

「と言いますと？」

「てっきりジョンは出ていったと思っていたし、喧嘩をしたことなどなかったもの」

「昨日、伯父に当たるミスター・ヘザーズはミスター・ケントが戻ってくると聞き、ミセス・マンローとミス・パルグレーヴも知っていました。あなただって知っていてよかったはずです。昨夜部屋の前を通り過ぎた時ドアから灯りが漏れているのを見て、おそらくあなたは、これ幸いと――」

「灯りになんか気づかなかった。それにわたしは絶対に――」

「なるほど」警部が口を挟む。「では少し話を戻しましょう。もうミスター・ケントとの関係を否定しませんね？」

「そりゃ――知ってはいたわ。会えば言葉を交わすくらいには」

「それだけですか？　先ほど尋ねた時には妙に怒っていましたが。最初に訊いた時『知っている』と言わなかったのはなぜです？」

「だって――あなたに訊かれる筋合いはないと思っていたから」

「なるほど」警部が再び言った。「わたしをはぐらかそうとした理由にはなりませんね。『知っている』とか『会えば言葉を交わすくらい』と言われると、却って関係はそれ以上なのを隠そうとしている、と理解するんですがね？」

「やめてよ、違うわ。本当に――『やましい』ことはないんだから」

「なるほど。ではご主人もご存じで特に不満も示さないんですね？」

「不満？　どうして夫が？　近頃の夫は妻に男友達がいたって『不満を示』したりしないわ」

「ご主人は知ってはいるんですね？」

「そうよ、秘密にしてないもの」

「でもご主人がいる時にミスター・ケントはここに来ないのでは？」

「最近は来なかったわ」

「それはご主人が怒ったからでは？」

「いいえ。そんなんじゃないの。何でも悪く取るのね。メロドラマとはまったく違うわ。わたしがジョンの命を奪おうとした可能性があるなんて、ばかげてる。それに——勘ぐっているようだけど——嫉妬したジョージがジョンを殺そうとしたかもしれない、というのもね。ジョンは当たり障りのない友人で、夫はこれっぽっちも嫉妬していないわ。正直言って、妬いてくれたらと思うくらいよ！」

バーマン警部は言った。「ふむ、なるほど。すると友人関係ではあるけれど、ご主人には思わせぶりな態度を見せて、妬かせようとしているんですね？」

「そうだったら少しは生活に張りが出るでしょう？」

「それでご主人が悪態もつかなければ手も上げないので、嫉妬していないと思うんですね？　でもそういうタイプじゃないのかもしれませんよ。実際にはミスター・ケントに対する恨みでいっぱいかもしれません」

「あら、夫は——そんな乱暴なことができるとは思えません」

警部が話す。「おとなしい男性は概して——」

クラリッサがすかさず言う。「もう、いい加減にして。そんなはずないわ。それに——事件があったのは真夜中でしょう？　夫は横で寝ていました」

「寝苦しそうに、ですか？」

「いいえ、違うわ。寝がえりを打つ音すら聞こえなかった」

「あなたが熟睡していたからでは？」

「いいえ。わたしは眠りが浅いもの」

「すると夜中に目が覚めて――」

「昨日の晩はずっと寝ていました」

「でも眠りが浅いのなら――それにご主人に知られずに抜け出す方法を身につけているなら」

「ああ、これだから！」クラリッサが叫ぶ。「今度はわたしに話が戻ったのね？　なんてずるい人！」

「あなたのアリバイをご主人から取っても、あまり価値がないだろうと思うのですが、どうですか」

「わたしのアリバイが必要だとは思わないわ。その前にあなたが証拠を捏造しなくてはいけないんじゃないの？　わたしがジョン・ケントと喧嘩したどんな証拠があるのかしら？　わたしがジョンに少しでも殺意を抱く理由は？　ジョンが館に戻るとわたしが考えた理由は？　ここに言いがかりをつけに来るなんて、どういうつもりなの？　それに、夫とわたしのどっちを訴えるか決めたほうがよかったんじゃない？」

「いや、どちらも起訴するつもりはありません」バーマン警部は言った。「ご指摘のとおり、直接証拠はありません。可能性を探っているだけです」

「こっちからすれば、あなたは可能性のないことを探っているのよ」クラリッサは大声で言った。

5

警部には返す言葉がないようだった。あったとしても口にはしなかった。

警部が誠意をもって「それでは失礼します」というのが聞こえた。「やれやれ、やっとね」という、まったく思いやりのないクラリッサの声がした。

その後わたしは、音を立てないようにベッドルームのドアを閉めてメモ帳を片付け、ベッドに倒れ込んだ。三分で寝入り、午後五時まで目覚めなかった。下宿人たちがお茶の時間をどう過ごしたかは定かではない。

第十一章　各人の素性

1

　さっき言ったように、お茶がどうなったかは知らない。その時に不在だったからだけでなく、ミセス・マンローがわたしの少し後に下りてきたからだ。いくらか穏やかで落ち着いていた。夫人が言う。

「それにしても運んだのが六つだったか七つだったか、覚えていないわ。だからきっとうまくいかなかったのね。その後寝てしまったの。実に残念なことに」

「軽い夕食をすぐに用意しませんか」わたしは言った。「今日はときどき邪魔が入ったので、ディナーにすると遅くなってしまいます。ミスター・バーマンに何か食べないか訊いてきましょうか？　ここに来てから何も食べずに、もう十五時間になります」

「まあ、それはひどいわね。下宿人でないとはいえ、少しは食べてもらいましょう。日ごろから皆にはいい食事をきちんと出しているし、ゲームで楽しんでもらっているんだから、刑事さんにもそうしてもらわないと。お腹がすいていて機嫌が悪いんじゃ、わたしたちも文句が言えないものね？　お願いするわ、キティー。シチューもあるし」

こうして卓球室へ行く口実ができた。メモ帳は作業着のポケットに忍ばせていた。

部屋に入ると、驚いたことにバーマン警部ひとりだった――ブライアンがいない。わたしがメモ書きを渡すと警部は言った。「いいね。いい働きをしてくれた、ミス・パルグレーヴ。頼りになると思っていたんだ」

その機嫌のよさから、捜査が順調なのだと感じた。ジョージには――クラリッサにとっても――残酷な展開とならないよう望んだ、というのも、そうなるとミセス・マンローがひどく辛くなるだろうから。だが警部に進展の度合いを尋ねる勇気はなかったので、こう声をかけた。「軽い夕食はいかがですか」

「いいんだ、まったく必要ない。それに腹が膨れると脳の働きが悪くなる。でも夕食の時間にダイニングルームに行くのは名案だ――皆が集まっている場で質問すれば、個別に聞き取りをする手間がはぶけるからな。時間の短縮になるし、この部屋へ呼びつけるより、よっぽど自然だ。アーミテージ巡査も同行させるから、ミセス・マンローへそう伝えてくれないか。夫人に手間はかけない、ただテーブルの端に椅子を二脚余分に置いてくれればいい」

警部から指令を受けたおかげで、ブライアンは何かしら口にしているだろうが、ありあわせの食事では満足しないだろう――その点では、きちんとした食事を出すミセス・マンローの方針にわたしも賛成だ――それに、周りの人たちがたらふく食べている中で、お預けを食らうと思うと忍びない。結局、人間の耐えうる事柄には限度がある。いかにバーマン警部が捜査の鬼であっても、十五時間も絶食していたら、さすがに何か口に入れたくなるのではないか。そこでこう言った。「タマネギたっぷりのビーフシチューですよ」

おそらく警部には聞こえなかったのだろう。それともそのような日常的なレベルに納まるのを拒絶するほど、意識が研ぎ澄まされているのか。

警部が言う。「最上階にいるあの女性は、どう考えても容疑者だな」

「苦手なタイプではありますが、あれでいて優しいところもありますが」

「ああいう連中は優しさを持ち合わせているものだ」バーマンが言い返す。「そうでなければ男友達に殺意を抱く状況に陥ったりしない。あの女性はケントと深い仲にならなかったかもしれないし——なったかもしれないが、とにかく火遊びをしていた。あからさまに、それこそ夫に当てつけるように。だが夫にもプライドがあり、離婚を示唆された。それはクラリッサの意に沿うものではない。現状に満足していて離婚してもメリットがないからだ。ケントは金持ちには見えないし、ジョージの母ミセス・マンローのように、頼りにできる母親もいないようだ。つまり夫から追い出されたらクラリッサは路頭に迷う。

一方、要領がよくて状況など気にしないケントは、未練があるうちは火遊びをやめようとしないので、クラリッサはこの館にケントと住み続けねばならない。義母にことの次第を告げずにはケントを追い払えないし、相手から別れ話を切り出させることもできない。つまり夫を安心させて、いままでどおり充分な収入を得続けるには、ケントの死しかない。そうだとも、それがクラリッサの動機だ」

実に恐ろしい。信じたくない。

わたしは切り出した。「すると警部の推理では——」

「その線で立件できるはずだ。ケントの部屋から灯りが漏れているのをクラリッサは見たのかもしれない。夫の目を盗んで深夜に起きるのにも慣れていた。きみが最上階の寝室を使うのをクラリッサが反対したのを覚えているかい？　きみにいてほしくなかったんだ、部屋から出てゆくのを気づかれるかもしれなかったから。だが一方ではそれを無理強いできなかった。ミセス・マンローがそれを覚えていて、後々クラリッサの不利になるのを恐れたのだ。それで部屋を提供し――きみが眠り込むように温かい飲み物を与えた。クラリッサは睡眠薬を混ぜただろうか？」

「あの、ずいぶん勘違いなさっていますよ。クラリッサがお茶を出してくれたのは最初の夜で、殺人のあった夜ではありません」

「そうか、それは残念。だがクラリッサはケントがいつ戻るか知らなかった。だからきみが来た初日の夜に薬を飲ませた。ケントを探しにいったが、不在だとわかった。それで翌日はきみに怪しまれるのを恐れて薬を再び使うのを控えた――もっとも、薬なしですぐに熟睡するほどきみが疲労しているだろう、とクラリッサは察していた」

「いや、それほどでは。午前二時に起きました」

「もちろんだ、実に都合がいい。クラリッサはウィッキーをケントと思い込んで殺害し、最上階に戻ってきた。その物音で、きみは目が覚めたんだ」

この底力を――凶悪事件で容疑者に対峙する警部の姿をいままで何度も見てきた……もっとも後に白だったと判明することが、しばしばあるが。

わたしは再び話しかけた。「すると警部は犯人だと――」

「いやそこまで言い切れない。確かに事件が発生し、状況証拠から立件が可能なら、それで充分に陪審を納得させられる。だがあいにく、それだけではわたしは納得しない。それに、ウィッキーの警察来訪と事件が結びつかないのも合点がいかない。宙に浮いたままにはできない。犯人を家主のミセス・マンローにしたとしても、同じ疑問が持ち上がる。結びつきがわかるまで、どちらの推理も進めるつもりはない――双方を棚上げにするだけだ。それはそうと――」

警部は急に口をつぐんだ。するとドアをノックする音がした。ミスター・スパークスを案内してきた巡査が遠慮がちに言った。「失礼します、警部。ようやく外出から戻ってきたのでお連れしました」

バーマンはわたしをにらみつけてから言った。「聞き取りが終わる頃には口のきき方を変えることですね。座ったまま反省してください。またすぐに訊きますので」

2

悲しげな表情を保つには努力が必要だったが、幸いにもミスター・スパークスはこちらを見る余裕をほとんど与えられなかった。

バーマン警部がすぐに聞き取りを始めた。

「さて、ミスター・スパークス。警察の活動を妨害すると罰則があるのをご存じですか?」

「警察のことはよく知りませんね。いままで縁がなかったし、これまで、その必要性を感じずに暮らしてきたので」

「なるほど。どんな生活を? 何をしていたんです?」

「ああ、会計士をしていました」

「自営だったのですか?」

「いいえ、小さな事務所の部長をしていました。業界で一目置かれるところですが、大手ではありません」

「もう退職したんですね？」

「はい。所長が閉鎖を決めたので。こちらは困りましたよ、年金無しで失職しましたから」

「再就職はしなかったんですか？」

「もうこき使われるのはこりごりでした」ミスター・スパークスは説明した。「かなり多忙でしたので、潮時でした。ささやかな蓄えがありましたし、正直にいうと疲弊していましたよ、業界で不正に関係しないよう気をつけることに。会計士というのは裏社会を多く見ますから」

バーマン警部が言う。「そのとおりですね。その後はミセス・マンローの寛容さに甘えて、ここに無料で住んでいるんですね？」

「あいにく貯金を使い果たしたのでね。そもそも誰にも甘えたりしませんよ、先立つものがあれば。ここのほかの連中――居候と詐欺師の集まり――を見ていると吐き気がします」

「なるほど」警部が言った。「ジョゼフ・ウィッキーとはどう揉めたんですか？」

「ウィッキー？　何ですって、あの例の――？　昨日、初めて会ったんですよ」

「それなら、彼を殺害した犯人の捜査を妨げようとしたのはどうしてです？」

「わたしが――？　お門違いです。そんなことしませんでしたよ」

バーマン警部は言った。「今朝の朝食時、犯人についてはわたしに話さないよう、ほかの人々に提案しませんでしたか？」

「ああ、そのことですか？」ミスター・スパークスが言う。「話すと却ってややこしくなるかと思ったんです。そういえば捜査は進展したんですか？　警察のこういった聞き取りの大変さについて皆で話したんですよ。もっともわたしは聞き役でしたがね、警察や捜査には疎いですから。でも一般的にいって、関連性のない事柄で振り回されるのは迷惑だろうと思います。『誤情報《レッドヘリング》』というんでしたっけ。ミスター・ヘザーズについてのささやかな事柄など、いい例です。ここのみんなで、事実をできるだけ話そう、余計な話をしてあなたを煩わせてはいけない、と話がまとまりました。確か、そんなところです」

「なるほど」警部が言う。「その話は、これまで聞いてきたものとだいぶ違いますね」

「そうでしょう。ここの連中は的確に話したくてもできませんから。意図的にそうしている人もいますし」

「でもあなたの話は正しいんですね？」

「もちろん、そうですとも。隠し立てなどしていません」

「ですがあなたは、警察には余計な話をしないでおこう、と提案した」

「わたしじゃありませんよ、先ほども言ったとおり。まあ――議事進行を務めてきた経歴上――一般論を言ったまでで、発案者ではありませんよ、断じて」

「なるほど」バーマン警部が言う。「もう少し聞かせてくれますか、ミスター・スパークス、かつてのご勤務先について。事務所の閉鎖後、取締役の方々はどうなりました？」

「さあ。どうでしょう、知りませんね。年金も出してくれない連中なんて、どうでもよかったので」

奇妙なことに――わたしはすぐ気づいたが――この時ミスター・スパークスの声色が変わった。簡単にいえば、ひどく怯えた声になった。

警部が言う。「照会したところによると、事務所名はアトラス・アンド・ブラバゾンのようですね。

取締役二名が顧客の資金を横領したかどで収監された。有罪の判決は、あなたからの内部告発によるところが大きい。あなたも告発される可能性があったが、取締役の指示で動いた、と嘆願し、共犯者証人《クイーンズ・エヴィデンス》（訴追側に協力して共犯者に不利な証言をすること）になって刑を免れた」

ミスター・スパークスは憤りをあらわにした。

「無礼ですね！　あなたにとやかく言われる筋合いはありません。ずっと不正に関わらずにいたんです。裏社会を見たが、関わらないようにしてきたと言ったはずですが？」

「警察と縁がなかったとも言っていましたね。少なくともそれは真実ではない。証人席と被告席のどちらになるか、予断を許さないのをよくご存じだ。『関連性のない事柄』を警察に話すべきではない、と提案したのも、それが理由ですか？　ご自分の過去について以前ここの誰かに話したことがあるあなたは、経歴の一部始終がわたしの耳に入るのを懸念したのではないですか？　今朝の朝食で提案した時、ミスター・ヘザーズをかばっていたようで、実際にはあなた自身を守っていたのでは？」

ミスター・スパークスはくずおれた。実際に縮こまって見えた。「でも――『関連性のない事柄』ですよ。事件とは無関係です。わたしに先入観をもたれる可能性があると思っただけです」

「なるほど」警部が言う。「つまり認めるんですね？」

「あのふたり、ふたりの取締役についてだけですよ。わたしはこれっぽっちも悪いことはしていません。指示に従ったまでです、何もわからずに――それが――」

警部が言う。「そうでしょうとも。さて、ご苦労様でした、ミスター・スパークス」

3

スパークスが立ち去る――〝這い出る〟といったほうが正確かもしれない――と、バーマン警部は言った。「たいした男じゃないか？　残念ながら、あの供述ではスパークスが犯人だと証明できない」

警部はドア口に行って巡査に何かを指示して戻ってきた。「ミス・パルグレーヴ、確かさっき、この人間に関する調査の労をねぎらったが、少し抜け落ちがあったな？　ほかにも何か漏れているんじゃないか。ここに留まって調査を継続したほうがいい」

警部はひどい恩知らずですね、と喉元まで出かかった。ジャガイモの皮をむきながら前歴の確認までしろと言われても無理な話だ。だが警部がほかにも事実をつかんでいる様子が気になったので、何も言わず、にっこり微笑んだ。わたしの笑顔に戸惑う警部を見るのは、却って愉快だった。

そして再びドアが開いた。

4

今度入ってきたのはミスター・ヘザーズだった。いままでは腰かけている姿しかろくに見たことがなかったので気づかなかったが、いわゆる〝堂々たる風采〟だ。毅然とした様子でバーマン警部の前に立つ。

勧められるのを待たずに、空いている椅子に腰かけて手を膝に載せた。

バーマン警部が話しかける。「詳しい話を訊きたいんですよ、ミスター・ヘザーズ。実は――やっと――耳にしたのですが、昨夜あなたは殺されたジョー・ウィッキーと喧嘩したそうですね」

ミスター・ヘザーズが口を開く。「ふうむ」

「喧嘩について話さないようにしよう、と下宿人たちの間で口裏合わせをしていたとも聞きました。これは由々しき問題ですよ――殺人事件の聞き取りを妨害するとは。いかがです？」

ミスター・ヘザーズが言う。「ふうむ」

警部が言う。「そうやって唸っていても何の得にもなりませんよ。質問に正直に答えていただきたい」

ミスター・ヘザーズは「ふうむ」と再び言った。

「結構。今朝の聞き取りであなたの氏名はオスカー・ヘザーズだと言いましたね。職歴を尋ねたら、不動産管理関連だと答えた。もっと詳しく説明してくれませんか？　いや、また唸るのは、なしですよ。どうやら何も話すつもりがないようですね。それではこちらから言いましょう――うちの連中があなたについて照会しました。あなたのフルネームはハンバート・オスカー・ヘザーズで――」

「そういう話はふたりきりですべきではないですか、警部さん。この娘さんには退屈な内容です」

わたしは言った。「誰にも言うつもりはありませんし、言いふらしもしません」

「あなたはいてかまいません、キティー」警部が言う。「後で質問もあるのでね。そうすることで、少なくとも隠し立てしても得はないとわかるでしょう。さて、サー・ハンバート？　正式には〝ミスター・ハンバート〟ではないと言っても否定なさらないはず――実際にはハンバート・オスカー・ヘザーズ准男爵ですね？」

「ふうむ。調べがついているなら否定する意味がない」

「よろしい。それで話が少し先に進みます。不動産管理と言っていたのも正確ではありませんね、ご自分の不動産を管理していただけなので。それに無口なのもわざとでしょう——本来あなたはほかの下宿人と同様に雄弁だ。どうです？　どう釈明しますか？」

少し間があった。そしてミスター・ヘザーズが……というかサー・ハンバートが……言った。「ふうむ。わたしは破産した。こちらに落ち度はない——管理を任せていた事務弁護士が悪徳で義務不履行で姿をくらましたので、生活が困窮してしまった。負債を返すためにすべて手放し、行き詰まった。借金をすれば生活できたかもしれないが、そんな気は毛頭なかった。そう、これっぽっちも。そうしているうちにここの話を聞いて、渡りに船だと思った。ミセス・マンローは、まっとうではあるが名誉とはいえない大金を、まっとうではあるが金に困っている人のために使いたかった。わたしは夫人の求める対象に当てはまると思い、ためらうことなく——」

「はい、すべて承知しています。そういった事情でいわば略名をあなたが好んだのもうなずける。わたしが訊きたいのは、あなたが無口なふりをしている理由です」

「ふうむ」

「ほら、その手は食いませんよ」

「これは失礼、警部さん。癖になってしまっていて。さっき話したように、この館に来てわたしはとても幸せだった——ここの現実を知るまでは。いや、むしろ下宿人を知るまではね。入所した当時にいた人たちとは、いまではほとんど入れ替わってしまった。連中は——率直なところ、無礼な悪党ばかりだ。とてもつき合う気にはなれない。連中の会話は下品か退屈か——その両方であるのがほとん

ど で、たしなみがあると思われる人はここにはいない。ミセス・マンローがわれわれを喜ばせようと奮闘しているのはさておき、連中と話す必要性をわたしは感じない。だが同じ下宿人としてずっと無視することもできず、特に食事の時は相手にしないわけにもいかず——腹に据えかねる。真面目な会話かと思うとすぐに不快な下ネタになる。となるとわたしには、関わり合いにならないようにするしかなかった。完全に避けるのは難しかったが、少なくとも話すことは避けられた……自分が口をつぐむことで。いわば隠遁者だ。意思表示したい時にも唸るだけにした」

「なるほど」バーマン警部は言った。「まあ、あなたからすれば、そうなるのも当然だと思います。で、あなたは一年間ずっとそのままで？」

「もう癖になってしまった。当初の入所者はひとり、またひとりと立ち去った。そういう人たちを見送るのは心が温まった。だがその後任たちは優れているとはいえなかった。ミスター・ラムズボトムとミスター・スパークスは猥談好きではないが、親しくなりたいタイプではないし、いるだけでこちらは疲れてしまう。それで自分からつき合いを避けるようになり、それを続けているのだ。それでいまでも——あくまでも自己防衛のために——会話に入りたくないのを示すために唸っている」

「相当退屈していますね」バーマン警部は言った。

「いかにも。それでも選択肢があるだけましだ。それにミセス・マンローは親切にも、わたしの友人でも入所させてはどうか、と持ちかけてくれた」

「それで甥御さんを？」

「ふうむ。つまり、そうだ。夫人はわたしがわざと無口でいるのをよしとせず、気のおけない人がいればわたしの慰めになるはずだと思った。それで甥が来た。連中の前では無口でいたが、ジョンと

――わたしや甥の部屋で――一緒だと寛げた」

「なるほど」警部が言う。「ケントさんはどうも――その、あなたよりいささか礼儀を欠くところがある、そうですね？」

「ふうむ。甥はオーストラリアでの生活が長かった。わたしがなじんでいた生活よりだいぶ荒っぽい暮らしを送ってきた。当然ながら、話し方にもそれは出ている――だが幸いにも気立てはいい」

バーマン警部は言った。「わかりました。さて、話を元に戻しましょう――ウィッキーとの喧嘩に」

「ああ、ひどく不運だった。わたしの失態、まさに失言だ。自制心を失っていた。つい地が出てしまった。だが、それにしても――！　故人を悪く言いたくはないが、テーブルマナーがひどかった。さっきも言ったが、ここの状態はいくつかの点でましになっていたものの、われわれはどうしても過去を振り返ってしまう――わたしは文句を言わざるを得なかった。もちろん、ばかだった。日頃は本性を隠しているが、実は物事に関心があると露呈してしまう、と考えるべきだった。嫌悪のあまり、われを忘れてしまった」

「なるほど。それで激怒したのを警察に隠そうとして、口裏合わせに加担したんですね？」

「情けない限りだ。共謀する話が出た時、当たり前だが間違っていると気づいた。だが何ができた？ミスター・スパークスの提案に誰も――ミセス・マンローは少したおらったが――反対するようには見えなかった。あそこで自分の意見を言っていたら、議論に参加せざるを得なかった。ふだん無口なのは抵抗のためにわざとしているのだ、と皆にさらけ出すことになる。そうなってしまえば、その後、自分の立場を維持できなかっただろう」

「罪を犯しましたね――司法の末端を阻害するために共謀するとは。さらに重要なのは――」

「いや、とんでもない。そんな大それたことをしたつもりはなかった。ほかの人ならともかく――わたしはその時だって決して――適当な時に『ふうむ』と言っただけで――どう解釈されてもよいようにしていた。自分としては早急に全容を明らかにするつもりだった。あなたには二度言づてをしたが――」

バーマン警部が言う。「そうですね。あなたが会いたがっていると伝言がありました」

「この件について話すつもりだった」

「あなたの身分を知る前に聞き取りしていたら――」

「警察を欺こうとしていると疑われることなく、わたしの当初の目的がきちんと伝わったはずだ。もちろん、件の男性のテーブルマナーへの批判など警察は気にかけないだろうし、わざわざ言うことでもないのかもしれないが、ミスター・スパークスが――わたしにはどうにも考えられないが――共謀を提案しなければ、そんなことにはならなかった。だが提案のせいで皆の立場が変わったように思えたので、警察に話す必要性を感じたのだ。話せば、ほかの場所では無口でいて、あなたとは率直に話せる理由も伝えることになるだろう、と思った。だが、さらに説明する必要に迫られるかもしれない。その場合、正直にすべて打ち明けることになる。そういったわけで、こうして話している。あなたを信用していいのか、警部さん？　あなた次第でここでのわたしの立場など、どうにでもなるのをおわかりか？」

「まあ、現時点であなたの秘密を皆さんに打ち明ける必要性は感じません」警部は言った。

「よろしい、よろしい。それでこの娘さんは？」

バーマン警部は言った。「キティーさんがわたしに話した内容以上を他人に話さなければ、秘密が漏れたりはしません。だが口を滑らせたりしないよう、念を押しておきます」

「それはありがたい。その言葉とキティーさんの良心を頼りにしよう。これで終わりか？　ならば、礼を言おう。話しにくい実情を聞いてもらった。人間は困窮していると、なかなか自分からは打ち明けられない」

バーマンが何も言わないようだったので、サー・ハンバートは立ち上がり、警部とわたしに威厳のあるお辞儀をした。

ドアが閉まると警部が言った。「ギャングのボスだ、というウィッキーの話は的外れだったな！　なんであんなほらを吹いたんだ？　ヘザーズの名はウィリアムじゃないのに、〝ビル〟・ヘザーズと呼んでいたのはなぜだ？　それにヘザーズとケントの関係に触れなかったのは？　わざわざ奴が生活の場――結局、死に場所になったが――としてここに来た理由は？」

警部の話を聞き続けたかった。おそらくそうなったはずだったが、ドアが開いてブライアンが入ってきた。ひどく興奮している。

「やりました、警部」ブライアンは叫んだ。「すべて警部の言ったとおりでした」

バーマンは言った。「よし、それは何よりだ、アーミテージ。ずいぶん遠回りしてしまった」

「名推理です。わたしなど到底かないません」

「まあ、いい案が浮かぶ時もある」警部が言う。

説明してほしかったが、ふたりともそのつもりはないらしかった。バーマンはご満悦で、わたしの存在すら忘れていたし、ブライアンは職責を果たせた喜びに満ちていて、目の前の婚約者に気づいていない。

未来の夫から無視されるのは、女性として望むところではない。どうせ任務のほうが重要なのだろう。そんなわけで、わたしがキッチンに行った時には、この二日で五時間しか寝ていないせいもあって――やる気も――なくなっており、捜査や殺人事件に、そして同様に婚約者や人生にすっかりうんざりしていた。だから「あらキティー、仕事をほったらかしてどこに行っていたの?」とミセス・マンローから責めるように言われた時には、思わず怒りが爆発しそうになったが、幸いにもその寸前で冷静さを取り戻し、なんとか話を取り繕った。

「刑事さんからまた話を訊かれたんです。ずっと質問攻めでした。ひどい目に遭いましたよ、もう、うんざりです」

夫人が大きな声を出す。「夕食の準備をしなくちゃいけないのに、どこから始めたらいいやら」夫人は泣いているようだった。もっともタマネギのせいだったかもしれない。「やることが山ほどあるのに、心配の種が絶えなくて仕事に身が入らないわ。くたくたで気分も悪いし、もう無理。あなたがずっと聞き取りされていたら、こっちはお手上げだわ。とっても厄介なの。また誰かが殺されて警察が来て、手伝ってほしいのにあなたが聞き取りされたら、ずっと大変じゃないの」

もう殺人事件は起きないと思います、とわたしは告げた。

「あら、わたしだってそう思うわ。いまで限界だもの。そんなことになったら皆ここにいたくないでしょうし、誰も来なくなるわ」

これまではわたしがいなくても切り盛りしていたじゃないですか、と夫人を励ましました。

ミセス・マンローは言った。「ミスター・ラムズボトムだけでね。あの方もこれまでになく調子が悪くて、壊すし、陰気だし、話すのはバーマン警部に言われたことばかり。きちんと忠告しなくちゃね。だからって、グラスふたつと皿三枚を壊して数が足りなくなったから、我慢ができないわけじゃないの。気掛かりなのは、ミスター・ラムズボトムがやっていない、と言い続けていることなの。血痕だって食器を壊した時のもので、もし自分のでなかったらミスター・スパークスかミスター・ヘザーズのだろう、と言うのよ。それに口にこそしないけれど、刑事さんが暗にジョージを指しているとわかっているの、そうなるともう、寝ようとしても気が休まらないのよ」

早合点したせいで、却って仕事を増やしてしまったが、夫人の気分を軽くさせてあげたかった。

「何も刑事さんは――ミスター・バーマンは――息子さんをほかの人たちと比べて特別視してはいないと思いますが」

「そうかしら？　そう思う？」

わたしは言い過ぎたと気づいた。バーマン警部は計り知れない。容疑者から外したかと思うと、また戻す。わたしの発言の後で警部が――ジョージを――容疑者にしたら、ミセス・マンローにとって、すべてよくなるどころか、悪くなるばかりだ。

わたしは言った。「さあ、わたしにもよくわかりませんが、警部の言葉の印象からすると――」

こうなると、もうタマネギのせいではない。

「まあ、とてもありがたいわ」泣きぬれながら夫人が言う。「さっぱりわからないし、考えても堂々巡りなの。それにミスター・ラムズボトムも不安にさせるから」

ミセス・マンローは涙を拭う手を止めた。一分ほどしてから、こう言った。「キティー、どう思う？　ミスター・ラムズボトムだけど。ここの誰かが犯人かもしれない、と言って不安にさせるのよ、何度も何度も。神経がどうにかなってしまったのか、しょっちゅう物を壊すし。何度も言うところをみると、あの方が犯人のはずはないわ。うろ覚えだけれどフランスのことわざで、言い訳ばかりだとどうとか、というのがあるわよね。だからその思いが頭から消えないんだけど、あなたはどう思う？　ミスター・ラムズボトムのこと」

第十二章　八人分の夕食

1

夕食用のテーブルセッティングのためにダイニングルームへ急いでいる時、バーマンとブライアンが加わる予定だとミセス・マンローに話していなかったのを思い出した。バーマン警部が先ほど言ったように、二脚の椅子が加わるだけで食事は不要ならば、何の問題もない。わたしには妙案があるものの――ブライアンのためを思って――食べ物の量は限られており、タマネギたっぷりのビーフシチューを盛りつけるのに一人前を減らす必要があった。

ダイニングテーブルは大きな楕円形だ。通常はミセス・マンローが端に座り、そして――夫人から反時計回りに――スパークス、ラムズボトム、ヘザーズ、わたしが座る。ウィッキーが加わった夕食時には、ウィッキーは夫人の右隣だったので、翌朝の朝食用にはケントの席はヘザーズとわたしの間にセットした。今日の夕食のためには、バーマン警部は上座である夫人の右の席に、そしてブライアンの席をわたしとケントの間にした。そうするとミセス・マンローとわたしがブライアンとバーマンの間に入り、警部が容疑者たちと面と向かう形になる。警部がわたしを横目で見る必要もなくなり、ブライアンの皿に食べ物があっても気に留めないでくれるのを期待した。

椅子を並べてテーブルセッティングしてから、料理を取りにキッチンへ下りる。ドア口でミセス・マンローと会ったのでわたしは言った。「あの、お伝えしませんでしたが、ミスター・バーマンは――」

「いまはやめて、キティー、お願い。もう三分遅れているから皆が文句を言い出さないようにするのが大事よ。とにかく、すべて予定どおりに行わなくちゃ。たとえ憂鬱で落ち着かなくても。誰かに不平を言われたり、ね。だからお願いだから急いで、あなたが来る足音が聞こえたら呼び鈴を鳴らすわ、それなら皆五分以内に来るんじゃないかしら」

そうあってほしかった――そうすれば夫人は椅子が二脚余分にあっても気づくまい。そうでないと、わたしが勘違いをしたと思って片付けられてしまうだろう。だが心配には及ばなかった。給仕するためにテーブル脇に控えた時には、呼び鈴が鳴り響き、ミセス・マンローが――椅子が増えているのには気づかず――いつもそうするように、部屋を入った所に立った。

夫人は常に女王のように立ったまま、食事に来る下宿人たちを迎える。もっとも〝女王のように〟というのは正しい表現ではない、夫人は気のきいた陽気な言葉をかけながら微笑みを浮かべているからだ。今夜のミセス・マンローは無理をしているように見えた――だが夫人はやり抜くはずだ、微笑み続けたために後で頬が引きつるとしても。ご想像のとおり、夫人は決して自らが立てた規範を破ったりはしない。

最初にやってきたのはミスター・スパークス。ふだんなら微笑みをたたえて〝機知に富んで〟いるという評判どおりにミセス・マンローと軽口を叩く。だが今日は、言葉もかけず微笑もせずに夫人の前を通り過ぎた。彼がバーマンのための椅子に座らないよう、わたしはさりげなく邪魔をした。スパークスはやや驚いたようだったが、抗議をしなかったところをみると、ほかのことで頭がいっぱいだったのだろう。

次にミスター・ヘザーズ（〝サー・ハンバート〟と呼ぶより、このほうがしっくりくる）が来て、ミスター・ラムズボトムとミスター・ケントが続いた。ミスター・ヘザーズは夫人に唸りもせず、ミスター・ケントはにらみつけただけだった。ミスター・ラムズボトムは具合が悪そうな表情だったが、愛想笑いのつもりかもしれなかった。

ミセス・マンローは二脚の椅子にためらいつつ、いつもの席に座った。「あらやだ」夫人が大声を出す。「キティーったら、どういうつもりなの、もういないミスター・ウィッキーのためにセッティングするなんて？　無神経にも程がありますよ」

わたしが説明しようとすると、急にミスター・スパークスが叫んだ。「ここにはネズミ《ラット》がいます！」

2

一瞬ミセス・マンローの顔から血の気が引いた。「あら、まさかそんな。ネズミなんて。キッチンで見かけたかしら、でも気のせいかもしれないし、それだって一年以上前です。ネコを飼う必要があると思った時もあるけど、ネズミがいたとしても、その後は見かけなかったから、結局いなかったんだと納得しました。ネズミじゃありませんよ、この館を買った時に排水管は全部検査しましたから。だからね、ミスター・スパークス、いないはずです」

スパークスは言った。「スパイ《スニーキング・ラット》ですよ、取り決めを順守しないスパイがいます。今日の朝食時、警察に余計なことを漏らさないようにしようという話になり、全員賛成しました。当然ながら警部には内密にするということで了承されました。なのに、もう誰かが秘密を漏らして《キャット・アウト・オブ・ア・バッグ》しまったんです」

　少し前まで青ざめていたミセス・マンローの頬がぱっと赤らむ。相手の言わんとすることを充分理解し、雲行きが怪しくなったと気づいたのだ。それでもスパークスの気を逸らせようとする。

「まあ、ミスター・スパークス、さっきはネズミとおっしゃいましたね、ネコ《キャット》ではなく。何を指していたのかわかって、わたしひどく腹が立ちましたわ。だって、ここにはネズミなんていませんもの。でもネコを引き合いに出してくれて嬉しいわ、飼おうかと思っていたのでね。楽しそうでしょう、ここでかわいい子ネコちゃんがゴロゴロ喉を鳴らしていたら。ミスター・ラムズボトム、どう思います？　ネコを飼うべきかについてよ」

　夫人は不安からか一気にまくし立てたが、まったく効果がなかった。

「言っておきますが」ミスター・スパークスが言う。「何を言われても引き下がりませんよ。われわれが結んだのは明らかに秘密協定でした。良識をわきまえて内密にするはずだったのに、誰かが密告した。秘密を漏らしてしまったんです。それで午後に警察に痛めつけられました――ほんの少し協定に関わっただけなのに」

　ミスター・スパークスは急にミスター・ラムズボトムのほうを向いた。「誰が漏らしたのか見当はついています。あなたは賛美歌ばかり唱っている偽善者で、良識をまったく持ち合わせていませんね」

「何をおっしゃいます」ミスター・ラムズボトムが異を唱える。「わたしは何も言っていません、そんなこと訊かれてもいない。実に心外ですね、ミスター・スパークス――」

わたしの理解が正しければ、ミセス・マンローの性格からすると、息子を守ろうとして狡猾にはなっていたが、自分ではなく第三者が責められたら、嘘をついたり口をつぐんだりはしないはずだ。この件で夫人が非を認めるのは不公平だ。わたしからの報告で、バーマン警部は夫人に聞き取りをする前にすでに知っていたのだから、夫人のせいではない。だがわたしの任務を明らかにすることなく、夫人に救いの手を差し伸べられるだろうか？

とにかく、もう夫人はごまかすのをやめていた。

「まあ、どうしましょう」夫人はミスター・ラムズボトムの反論中に割って入った。「聞き取りが辛かったので、話が前後すると混乱してしまって、気づいたら口走ったりしていたけれど、本当に他意はなかったの、いまでも」

「あ、あ、あなたが？」ミスター・スパークスが叫ぶ。「あ、あ、あなたが漏らしたんですか？」

夫人はいまにも泣き出しそうだ。「一時間以上も質問攻めにあったんですもの、仕方なかったわ。誘導されてしまったんです。警察なのに手加減なし。あれじゃ秘密警察《ゲシュタポ》よ。この国にはいないと思ったのに」

ミスター・スパークスが急に立ち上がる。思いがけず厳然と言った。「ミセス・マンロー、そんな無礼な真似をなさるとは思いもよりませんでした。女性が男性ほど体面を気にしないのは知っているつもりでしたが、実に――ひどい、ひどい衝撃です。残念ながらこれ以上ここにいられません。荷物をまとめて一時間以内に出ていきます」

ミスター・スパークスがドア口に向かう。わたしはビーフシチューをすくったままテーブルの横に立っていた。夫人に視線を送るのがはばかられる――この危機は夫人の許容範囲を超えていて、精神的にもう限界だろう。

するとミセス・マンローが小さな声を震わせながら言った。「さ――さあ、お食事にしませんか？　いいお肉が入ったのよ、お肉屋さんのお勧めだったの。タマネギもたっぷり。おいしくいただきましょう、ね？」

3

ミスター・スパークスは部屋から出なかった、というのもその時ドアが開いてバーマン警部とブライアンが入ってきたからだ。

警部が言った。「まだ食事が済んでいないのではないですか、ミスター・スパークス？　席に戻っていただけるとありがたい。皆さんにお伝えすることがありますので」

ミスター・スパークスがためらったので、警部の言葉を無視して出ていくかと思った。だが警部の意図をたいてい瞬時に理解して命じられる前に行動に移すブライアンが、後ずさりしてドア口に立ち、片手で出入口を塞いだ。何人たりとも通らせないつもりだ。

「ああ、結構ですよ」スパークスが言う。「残ってあなたのお話を聞きましょう。でもその後に出ていきます。ここではもう寝泊まりしませんので」

バーマン警部は言った。「なるほど？　ですが、あいにくそれは認められませんね。制限を加えたくはありませんが、皆さんにはここに――この館に――いていただく必要があります、この事案が終了するまで」

ミスター・スパークスが再び座るまで警部は待った。それから用意された自分の席についた――スパークスのすぐ隣の席だ。ブライアンは、玄関ホールの巡査に声をかけてドア口を塞ぐよう頼んでからテーブルに近づいた。ブライアンがこの事態におおいに興奮しているのが見て取れたが、その視線は料理に注がれていた。そこでわたしはもうひとすくいシチューをおまけした皿を――ミスター・スパークスの分がなくなってもかまわない――ブライアンの前に置いた。わたしがテーブルから離れるのを待たずにブライアンは食べ始めた。

警部が口を開く。「この部屋に来たのは、この館でのジョー・ウィッキーの事案の検証をしたいからです。皆さんに――ほとんどの方に――手伝ってもらえるはずです。でもまずはミスター・ラムズボトムにお願いしたいことがあります。前職で立場上、犯罪分子にうまく対応してきたと言っていましたね。〝切れ者《フラッシュ》ジム〟という人物に聞き覚えはありませんか？」

ミスター・ラムズボトムはその名前を繰り返した。「いや、ないと思います。聞いてもピンときません。どんな風貌でしたか？」

「不明です――いまのところ。でも部下がウィッキーについて訊き込みを重ねていく中で、彼が〝切れ者ジム〟と呼ばれる人物と確執があったという噂を耳にしました。署ではその男性についてまったく把握していません――とにかく、その名前では。しかしながら、ウィッキーの敵には興味がありますす」

「そうでしょうとも」ミスター・スパークスが言う。「事件の捜査をしているなら、その人物の逮捕になぜ集中しないんです？」

「いや、時間を無駄にしているつもりはありません」バーマン警部が言い返す。「昨晩この館に侵入した者はいませんので、犯人はここに滞在していたか玄関ドアの鍵を持っていたかです。〝切れ者ジム〟が捜査線上に浮かべば、これから捜索する必要があります。その名で通っていた人物を知りませんでしたか、ミスター・ラムズボトム？」

「わたしが？　とんでもない」

「あなたは、ミスター・ケント？」

「ばか言わないでください」ケントが嚙みつく。「もちろん知りませんよ。そんな裏社会とは通じていませんのでね」

「なるほど」警部は言った。「それでは検証を始めましょう。ミセス・マンロー、あなたはウィッキーが入所を希望した時に面談しましたね？」

話についてきていない様子の夫人は、ミスター・スパークスを見つめたままだ――入所以来、夫人の心配の種だった彼は、いま毒へビとしての正体を現している。警部が質問を繰り返すと、ミセス・マンローは気を取り直した。「ええ、もちろんです。いつも面談に気を使っています。とても大切だと信じています。わたし、嬉しかったんですよ。南アフリカでの活躍について控えめに話す小柄な感じのいい男性で。でも、実際には行っていなかったのね」

「どのようにしてここを知ったか話していましたか？」

「誰かから聞いたのでしょう。特に言いませんでしたが、ここにいたことのある誰かに聞いたはずです、とても励みになります。下宿人が出ていくと、気に入ってもらえなかったかと心配になるんですけど、後でそうやって勧めているに違いないわ、でしょう？」

「現在入所しているメンバーに知っている人がいる、とウィッキーは言っていましたか?」

「いいえ。もしかしたら、と思ってミスター・ヘザーズの名を挙げたんですよ、気品のある方なので。でもご存じありませんでした」

「なるほど」バーマン警部がテーブル越しにヘザーズを見る。「するとウィッキーがあなたの名前を聞いたのは初めてだったのかもしれない。そしてあなたの名字と、ここで暮らしている、ということしか知らなかったんでしょう。ところであなたは、〝ビル〟・ヘザーズと呼ばれていますか?」

「ふうむ。それはない」

「ミセス・マンロー、ミスター・ケントがここにいるとウィッキーに言いましたか?」

「まあ、言いませんわ。ミスター・ヘザーズ以外の名は挙げませんでした」

「なるほど。なのに面談のすぐ後には、ミスター・ケントがここにいるとウィッキーは知っていた。説明してもらえませんか、ミスター・ケント?」

「とんでもない。ウィッキーがわたしを知っていたのなら、わたしだって知っていて当然でしょうが、あいにく知りません」

「それは妙ですね? わたしは、ミセス・マンローと面談した直後のウィッキーと話す機会がありました。その時、彼はここで暮らすつもりで、下宿人の中に〝ビル〟・ヘザーズとジョン・ケントがいる、と言っていました。つまりミスター・ヘザーズについては夫人から聞き及んでいたが、あなたについてはそうではなかった、とすると――」

「わけないですよ」ケントが言う。「夫人が話したのを忘れているんです」

「そんな」ミセス・マンローが叫ぶ。「小柄で魅力的な方だと好感を持ちましたから、よく覚えていますわ。会話は一字一句ね」

「それは結構。どうやらあなたはずいぶん評判になっているんですね、ミスター・ケント。でもその話題はいまはやめておきましょう。ミセス・マンロー、面談の間ウィッキーは手袋をしていましたか？」

「ええ、そうでした。妙だと思いましたの、握手の時にもつけたままで。でも南アフリカの流儀なのだと思ったんです。現地の人と握手をする都合上かしら、ご存じですか？」

「ウィッキーにそんなに好感を抱いたんだったら、彼の入所を下宿人たちに話したんですね？」

「でもすぐには入所しませんでしたわ、わたしもひとりで家事を切り盛りしていて忙しかったんですの。三人なら、ミスター・ケントを含めて四人ならどうにかなりましたけど、本当にぎりぎりで。ですから言いませんでしたよ、だって下宿人たちに期待を持たせて、結局来なかったら台無しですから」

「その点を明確にしたいですね」警部が言う。「ウィッキーが来るかもしれない、とここの誰にも言わなかったんですか？」

「キティーにだけです。彼女が来てすぐに話したのを覚えています。それにミスター・ケントのご友人と名乗る人に、彼が戻るかどうか訊かれました。ずいぶん若い男性で寂しげでもなかったので、入所は期待薄だとは思いましたが、その人もミスター・ヘザーズを知っている、と言っていました。それでミスター・ヘザーズやミスター・ケントに来客があるのはいいことだ、と思ったんです」

「その男性には心当たりがありますか」バーマン警部が言う。

「そうですか？　でしたら今度会った時に伝えてくださいな、ミスター・ケントが確かに戻ってきましたって。そう思っていいんですよね、ミスター・ケント?」

「なんです? そいつと会いたいかって? さあね、そもそも誰なんです?」

「そうね、あの人は確か、そうよ、ミスター・アーミテージと名乗っていました。親しいご友人では?」

わたしはブライアンの目を見た。すでにシチューを食べ終え、見違える程元気を取り戻して満面の笑みまで湛えている。

「そんな名前の奴は知らない」ケントが言う。「おおかた予想屋かなんかだろう」

「その人物については気にしなくて結構です」バーマン警部が言う。「わかりました、ミセス・マンロー、ミス・パルグレーヴを雇った後、ウィッキーに入所可能だと伝えたんですね?」

「そのとおりです、ハガキで。でも後々気づいたのですが、二ペンス半の切手が必要だったのに二ペンスので出してしまって。ミスター・ウィッキーに届いたか、不足分の支払いを求められたりしないか、と心配でした」

バーマンは言った。「ミセス・マンロー、そういった無関係な事柄を省いてくれたら、話が早いのですがね。こちらの質問は単純ですから、率直にお答えいただきたい。ウィッキーが到着した昨夜まで進みました。彼はまた手袋をしていましたか?」

「はい、それは断言できます。さっき質問された時の答えはばかみたいですわね。南アフリカや現地人との握手についてのです。だってミスター・ウィッキーは行っていなかったんですものね? 現地の話を聞くのを楽しみにしていたなんて、どうかしているわ。いまは心配が募るばかりです」

「ええ、ええ。わたしにとっては、彼が手袋をしていたというのが興味深い点です」

ミスター・スパークスが不意に尋ねる。「なぜです？　手袋をしていたからどうだというんです？」

驚いたことにバーマン警部は気さくに応えた。

「彼は指先を保護したかったんですよ、金庫破りにとっての仕事道具ですから。怪我しないか心配だった。とにかく、ウィッキーは昨夜到着した。出迎えたのは誰ですか？」

「あら、わたしですわ」ミセス・マンローが答える。「玄関ベルにキティーが気づかなかったので。ミスター・ウィッキーが来てくれて嬉しかったんです、あちらは特にそうおっしゃいませんでしたが。それですぐ部屋にご案内しました、ミスター・ケントの隣です。それからベッドを整えるよう、キティーに頼みました」

バーマン警部が言う。「それでは、その続きを説明してください、ミス・パルグレーヴ」

ふだんの公式報告の要領で「はい警部、本月十六日夜」と切り出しそうになったが、すんでのところで気づき、こう言い直した。「で――でも何もわからないんです、本当に。信じてくださるといいんですけど」

警部が驚いた様子だったので、わたしのほうが警部より演技は一枚上手だと感じた。警部もピンときたらしく、こう言った。「いいんですよ。ウィッキーが到着した様子について知りたいだけですから。本来はミスター・ケントの部屋だったところでウィッキーが死亡しているのを、発見したんですね？」

その時、これまで報告しそびれていた事柄を思い出した。「はい。そういえばベッドを整える間おしゃべりをしていて、隣は誰かとミスター・ウィッキーに訊かれました。ミスター・ケントのはずです、と記憶を頼りに伝えてベッドを整え終えると、ミスター・ウィッキーは、なるほど、と言いました。正確には『それはいい』と言いました」

「ほお、なるほど」バーマン警部が言う。「ミセス・マンローの供述を裏付けるものですね。ウィッキーが最初からミスター・ケントの部屋に通されていたら、隣に寝室があると気づかなかったはずです。つまり、ウィッキーは案内された部屋を出て、隣室を探っていたところをミス・パルグレーヴに見つかり、ミスター・ケントの部屋があたかも自分の部屋であるかのように振る舞った。その後、最初に案内されたベッドの整っていない部屋へ、自分のスーツケースを取りに戻ったに違いない」

「とても面白いですね、確かに」ミスター・スパークスが言った。心の落ち着きを取り戻したようだ。「警部の推理には興味をそそられますが、それからどうなるんです？」

「現時点ではどうもなりませんが、多くの可能性がある」警部はいったん口を閉じ、目の前の面々を見回した。わたしが容疑者だったら、ここで震えあがっただろう。それこそが警部の狙いだと想像がつく。

「その直後」警部が続ける。「夕食の席でミセス・マンローがウィッキーを皆さんに紹介し――」

「ぼくを抜かしてだ」ケントが口を挟む。「そこにいなかったから、会わずじまいだ」

「残りの方々は会った。ミスター・ヘザーズ、あなたはウィッキーのテーブルマナーに腹を立てて、ひと悶着起こした」

「ふうむ、残念だ、実に嘆かわしい。さっきも言ったように、愚かだった」

「そうでしたね。そして食事後、テレビを見るためウィッキーはあなたと部屋を出たんですね、ミスター・スパークス」

「そのとおりです。でも九時には切り上げて彼は自分の部屋へ、わたしは二階の自室へ戻りました」

「ウィッキーは寝室のドアを閉めましたか?」

「はい」

「その一時間半ほど前、その部屋のドアが半開きで灯りが漏れているのをミス・パルグレーヴが見ました。ちょうどあなた方が夕食を終えて玄関ホールを通る時です。少し開いたドアから灯りが漏れているのに気づいた人はほかにいませんか?」

ミスター・ヘザーズが口を開く。「ふうむ。そう言われると見たような」

ミスター・ラムズボトムが言う。「わたしは見ていませんね、手伝いのためにキッチンへ急いだので。そう、気づきませんでした」

バーマン警部が尋ねる。「あなたはどうです、ミセス・マンロー?」

「まあ、もちろん見ていませんわ? ミスター・ラムズボトムを追いかけていたんですから。手伝ってもらってありがたいのでね」

警部が言う。「すると、証言の結果こうなりますね。ミスター・スパークスは――そして当然ミス・パルグレーヴも――そこがウィッキーの寝室だと思った。ミスター・ヘザーズはその部屋に人がいるのに気づき、ウィッキーが案内されたのだと思った。ミセス・マンローは彼が隣の部屋にいると思った。そしてミスター・ラムズボトムは何も気づかなかった」

ケントが口を開く。「そう細かく言及するのなら、ぼくも加えてください。閉まっているはずの玄関のドアの鍵をぼくが使った、という推理に固執しているなら。新しい下宿人が来たとは知らなかったので、その人の部屋がどこかなんて知らなかった」

バーマン警部が言った。「わかりました。まだ話は終わっていません。夕食後テーブルが片付けられた頃、息子さん夫婦が外出するために下りてきたので、どちらかが灯りのついた寝室を見たかもしれない。ウィッキーの入所を知らなかったら、ミスター・ケントが戻ってきたと思ったはずです」

ミセス・マンローが大きな声を出す。「まあ、そんな。ジョージが見たはずはありませんわ」

「それはまたどうして？」

何かを見透かされたように夫人は赤面し、こう言った。「息子は近視ですし」

バーマン警部が言った。「なるほど。息子さん夫婦には後で訊きましょう。さて、続けます。午前二時、ミス・パルグレーヴは下りてきて寝室のドアが——ミスター・スパークスによると午後九時過ぎには閉じられたはずのドアが——大きく開いて、灯りがついているのに気づいた」

警部はいったん区切った——劇的効果を狙ったのだろう。そして続けた。「ここでいくつかの問題が生じます。安静時の体勢と呼べる状態でウィッキーがベッドで死亡していた事実から推定できるのは、犯人が灯りをつけず、暗闇の中で被害者を襲ったということです。もともと灯りがついていたり、犯人が点灯したりしていたら、ウィッキーは少なくともベッドから飛び出して身を守ったはずです。でも事実に則ると、犯人は犯行後に点灯したことになる——それはなぜか？　おそらく襲った対象の死亡を確認するためです。そして犯人は急に疑念が浮かんだのでしょう、殺した相手がウィッキーだったか——それともケントだったか。

また、それら二点を確認する理由として犯人が灯りをつけたなら、なぜドアを大きく開けたまま立ち去ったのか？　おそらくひどく動揺した——となると、犯人の性格面にある仮定が生じます。だがもうひとつの可能性として、犯人はまず灯りをつけずに部屋から出てドアを閉めたが、後々になって疑念が生じて部屋へ戻り、ドアを勢いよく開けて灯りをつけ——あいにく指紋は検出されませんでしたが――ドアの蝶番の間から中を窺ったとも考えられます。さぞ犯人にはベッドに横たわる死体がよく見えたことでしょう。意に反した結果に、犯人は灯りもドアもそのままにして逃げ出した」

警部が話し終えると沈黙が下りた。おそらく全員が軽い吐き気を催しただろう、わたしがそうであったように。現場の様子が生々しく目に浮かぶ。

するとミセス・マンローが口を開いた。「まあ、恐ろしい、怖いわ！」

そしてミスター・スパークスは言った。「だからどうだというんです？　それじゃ犯人の目星がつかないでしょう」

実に厳かにバーマン警部が言った。「とも言えませんよ、ミスター・スパークス。犯人が暗闇の中で殺害し、後になって現場を見たい時灯りのついた部屋の中ではなく、隙間から様子を窺うのを好んだのは、とても重要な点にほかならない。つまり被害者にまだ意識があったら気づかれる、と犯人は知っていた」

ミスター・ヘザーズが口を開く。「ふうむ。それが何か？　被害者が朝になる前に死亡したのではないというのか？」

「結局そうはなりました」警部が応える。「でもウィッキーのように、頭部を打撃された被害者が頭蓋骨骨折により死に至るのは――およそ二十四時間後だ。死亡するまでに一時的に意識を回復するかもしれない。だから被害者に目撃されないのは、犯人にとって、とても重要だったに違いない。それこそが、犯行が暗闇の中で行われた理由だと推理します」

ミセス・マンローが椅子の上で身じろぎする。「ああ、どうか」夫人が叫ぶ。「やめて、もうたくさん。恐ろしくてたまらないわ」

警部が言う。「おっしゃるとおりです。現時点であとひとつだけお話ししたい。この下宿屋は、友好関係の上に成り立っている。殺人も例外でないのは――疑いようもない。つまり皆さんは互いの部屋をよく訪ねているんですね？」

ミスター・スパークスがすかさず言う。「一度も訪ねてなどいませんよ。もう出ていく身ですから、はっきり言わせてもらいますが、この連中とは食事時に会うので充分です、充分すぎるくらいです」

この言葉が、気絶寸前のミセス・マンローを喚起する唯一の引き金となったのだろう。夫人はミスター・スパークスをにらみつけた。「本当によかったですこと、ミスター・スパークス」夫人がつぶやく。「出ていかれるんですものね」

警部が言う。「結構です。ところで質問に答えてもらいたいんですが」

「人の部屋に行ったことはありません」ミスター・ラムズボトムが言う。

「わたしもだ」ミスター・ヘザーズが答える。「もちろん、甥の部屋は別だが」

ミスター・ケントが言う。「ぼくも同じく。伯父のところへは夜によく行くけど、それくらいだ」

「なるほど」バーマン警部が言う。「そのお答えが本当なら、実に明快です。それに皆さんは部屋を訪ねたりしないとおっしゃった――つまり、ミスター・ケントとミスター・ヘザーズが互いに行き来している以外には」

同意を示す唸り声がした。警部が続ける。「それで結構です。もっとも最上階のふたりには同じ質問をしますが。もちろん、あなたには尋ねませんよ、ミセス・マンロー。でも当然ながらこの館の部屋はすべて把握していますね」

夫人は驚いた様子で警部を見た。「もちろんです。それにキティーが来るまで、ベッドメイク、ごみ捨て、掃除から何から全部ひとりでこなしていました。でも、どうにもわからないんですが、どうして知りたがるんです?」

ミスター・スパークスが口を挟む。「いまさら言うのもなんですが、いったい何なんです?」

バーマン警部は口を閉ざしたままだ。

第十三章　夜の言い争い

1

ミセス・マンローと夕食後の皿洗いをし始めた、まさにその時キッチンのドアが開き、バーマン警部が入ってきた。「ミセス・マンロー、いますぐにでも風呂に入りたいんですが」

「まあ、そうでしょうとも。キティー、言うのを忘れていたわ、覚えておいてね。必ずお風呂の用意はします、でも週に三回で充分よ。下宿人は毎日入りたがるけど、お湯を用意するのが大変でしょう？　だから明日からよろしくね。ミスター・バーマンには今夜お休みになる前に入ってもらうようにしましょう」

警部が言う。「いや、いますぐ熱い湯に入りたいんです。しっかり浸からなくては。推理を続けるために体温を高くしておきたいので」

「まあ」ミセス・マンローが大きな声を上げる。「でも食事のすぐ後は身体によくありません、とても危険ですよ。ビーフシチューでお腹いっぱいでしょう」

「食事はとりませんでしたし、とにかくすぐに入浴したいんです。湯が使えるようにしてもらえるとありがたいのですが」

　そう言って警部が出ていったので、わたしはさっそく湯沸かしに取りかかった。

「ああは言っても、少し間を空けたほうがいいはずよ」ミセス・マンローが言った。「でも、何も食べなかったなんてね、理由がわからないわ。わたしの分として残しておいた量では足りなかったでしょうけど。キティーったら、言ってくれたらよかったのに。そうそう、頼まれたお湯はくれぐれも熱すぎないようにね」

　これは困った。夫人に言えないが、バーマン警部は難局に直面している時、脳を働かせるために空腹を維持するのだ。そして行き詰まったと感じると、湯船に入り、熱湯に近い湯に浸かる。足の親指で湯の蛇口をひねり、反対の親指で風呂の栓を抜いて温度を保つのだ。警部いわく、血流により脳細胞が通常より三倍活発化するそうだ。科学的根拠があるとは思えないが、先ほども言ったように過去の捜査で警部は幾度もそうしており、迷宮入りと思われた事件がいくつも解決したのは事実だ。ミセス・バーマンの主な仕事は湯沸かしに燃料をくべることだ、というのが署ではもっぱらの噂だ。

　だがミセス・マンローにそう伝えるわけにもいかない。「はい、熱くなりすぎないようにします」そして燃料をくべながら、夫人の気を逸らすために話題をミスター・スパークスに変えた。彼のことで頭がいっぱいになると、夫人は何も気にかけなくなったようだった。

　皿を洗い終えると、早く寝たほうがいいですよ、と幾分無理やりミセス・マンローをキッチンから追い出した。それから燃料をくべ続け——警部の体が白からピンクへ、ピンクから赤へ変わるのを想像した。

　そして入浴後に警部がどんな推理に行き着くかについても思案した。

2

階段を下りてくる音が聞こえて、部屋着姿のミセス・マンローが湯たんぽを探しに戻ってきたので、わたしは湯沸かしから飛び退いて食器棚を整理しているふりをした。夫人が声をかけてくる。そこは片付けなくていいわ、テレビを見ていても集中できないし何も手につかないの。あなた、もう寝なさい、今日はいろいろあり過ぎて信じられないくらい。

実はわたしも、バーマンもこのくらいで熱湯は充分だろう、と思っていたところだった。

ミセス・マンローが再び出ていくのに続いてわたしは階段を――くたびれた足取りで――上がり、最上階へ帰った。クラリッサやジョージに声をかけられることなく、何とか自室に戻る。熱い風呂はさぞ魅力的だろうが――バーマンだって湯を少しくらい残してくれたのではないか？　――だが、湯船に溜めるほどの残量はなさそうだったので、身体を洗わず両手に石炭の汚れをつけたまま、服を脱いでベッドに潜り込んだ。

横になったとたん睡魔に襲われた。すると入口のベルが鳴った。夢うつつの状態だったが、それが何を意味するかわかった。夕食時に皆にした質問をジョージとクラリッサにもする、とバーマン警部は言っていて――最上階に来る予定だった。それに、警部は風呂で推理を磨いただろうから、すぐにでも聴き取りしたいはずだ。

思ったとおり、警部の話す声が聞こえる。「ミスター・ジョージ・マンローですか？　バーマン警部です。奥さんと話がしたいのですが」

わたしの関知するところではない、と自分に言い聞かせようとしたが、無理だった。警部がブライアンを引き連れているか不明だが、ひとりで来ているなら、わたしの存在を当てにしているかもしれない――となると、期待を裏切るわけにはいかない。自分でも愚かだと思う――こんな間の悪い時に義務感を抱くなんて。だがこうなったら仕方ない、やるまでだ。

そこでわたしはベッドから這い出てメモ用紙を見つけ――メモ帳は卓球室の警部のテーブルの上に置いたままだったので――音を立てないようにして再び寝室のドアを開けた。

バーマン警部の声が聞こえる。「こうして出向いたのはですね、奥さん、階下の警察用の部屋に来ていただきたいからでして。いくつかの点であなたに訊きたいことがあります」

返答をしたのはジョージだ。「階下まで行く必要などこれっぽっちもないですよ。ここで質問すればいい、妻が警察の役に立つなら」

「奥様とふたりだけで会いたいのです」

「何を言うんです」ジョージが叫ぶ。「ぼくのいないところで妻に尋問などさせるもんですか」

警部が言う。「すみませんが、ぜひともお願いします。ご協力いただけると大変助かり――」

クラリッサが急に言った。「まったく！　なんです？　何をお訊きになりたいか見当はついています。夫が一緒にいたいというなら、いてもらいます。とにかく、うんざりなんです」

「では判断は奥さんに委ねましょう」バーマンは言った。「ですが警察としてはぜひとも――」

「もう、さっさと始めてください」

「わかりました」警部が言う。「先週水曜日にミスター・ケントを見ましたか？」

「はい」

「その時ケントはブラウンのスーツ姿だったと思うのですが？」

「それがいったい……？　ええ、着ていました、そこに関心がおありなら」

「そして翌日木曜日に見た時は、同じスーツではなかった？」

「それが警察の捜査に関係するとは思えませんせんね」

「お気になさらず。答えてくれますか？」

「そうですか、そうおっしゃるなら。その日はブルーのスーツで、その後会うたびに同じ服でした」

「ありがとう」バーマンは言った。

わたしはジョージが激怒するのを待った。ここまで話が進むと——妻に怒るのが目に見えるようだった。「おい」ジョージが叫ぶ。「あいつと毎日会ってるのか？」

〝艶《シルキー》やか〟と表現できる声でクラリッサは言った。「だっていい人だもの、そっけない態度をしないし、わたしを家具みたいに扱ったりしないわ。だからあの人と会うほうが楽しいのよ」

「へえ？　そうかい？　どこで会ってるんだ？」

バーマン警部が言う。「質問するのはわたしにお任せを、ジョージさん。同席すべきでない、とわたしが忠告した理由がそのうちわかるでしょう。さて続けましょう。クラリッサさん、教えてほしいんですが、ミスター・ケントが遠出すると聞いていましたか？」

「はい、金曜日に。水曜日はブラウンのスーツ、木曜日はブルー、そして金曜日もブルーのスーツで、これから出かけると言っていました。会うといつも楽しかったわ」

「ちくしょう！」ジョージが大声を出す。

「あら、心配ご無用」クラリッサが言い返す。「あの人はパジャマ姿だったわけじゃないもの。それに念のため言っておきますけど、ケントとは——いまのところは——下心のない友人関係よ。わたしを大切にしてくれるわ、あなたよりよっぽど」

警部が割り込む。「行き先を言っていましたか——それに理由は？」

「いいえ。あの人は自分の話はほとんど——わたしの話を聞きたいみたい」

「なるほど」バーマン警部が言う。「すみませんが、もうひとつ質問しなければなりません。これまでミスター・ケントの部屋を訪ねたことはありますか？」

「ええと——」

もちろんわたしは聴いているだけだったが、夫に気を揉ませようとしてクラリッサはよこしまな笑みを浮かべたに違いない。

クラリッサは言った。「もちろん誘われはしました、あの人は押しが強いほうなんです。でもいまのところ一線は越えていません。あの人とのことは、家庭に不安要素が生じた時の保険みたいなものですから」

3

その後バーマン警部はすぐに帰ったので、わたしは安堵して再びベッドに入った。聞き取りが手短だったので、夜はまだ長い。枕に頭をつけたら数分で眠りに落ちるはずだった。

だが当てが外れた。ウトウトしたかもしれないが、すぐに目が覚めた——壁の向こうから派手な喧嘩の声が聞こえてきたのだ。

最初は寝ぼけていて興味もわかなかった——ましてや腹も立たなかった。だがずっと聞かされているうちに、眠気より興味が勝った。途切れ途切れに聞こえてくるが、ほとんどがクラリッサの声だ。キーキーと耳障りで、ときどき叫び声に近くなるからだ。攻勢なのはクラリッサのようだ——言いがかりをつけたのはジョージだったに違いないが。

そもそもわたしの興味がわく分野に喧嘩は含まれていない。人の喧嘩になど関心を持てるものではない——特に片方の声しか聞こえない時は。でもこの喧嘩では目を覚ましただけでなく、考えさせられたのだ——クラリッサがバーマンに話した事柄について。

彼女とケントの関係は、さっきの説明どおりに当たり障りのないものだったのだろうか？　本当に彼を袖にしたのか？　クラリッサの言葉が本当だとすると、ケントとの浮気を夫の前で敢えて口に出せるほど、結婚生活は安泰なのか？　それともほったらかしにされるのに嫌気がさしているのだろうか——「とにかく、うんざりなんです」という言葉がすべてを表しているということか？

ともあれ、いまの聞き取りの——関連があるとしても——何がジョー・ウィッキーの死と関わってくるのか？

4

未婚の身としては、言葉を詰まらせることなく、妻がはたしてどのくらい夫と喧嘩をし続けられるのか見当がつかない。一時間半ほど続けているクラリッサはたいしたものだと思えた。それでも終わりころには途切れ途切れになった。間が空くので終わったかと思ってウトウトすると、また起こされたことがしばしばあった――おそらくクラリッサが言い分を思いつくタイミングだったのだろう。それでもついに喧嘩が終わった――つまり、間が延々と空き、気づくと寝ていたのだ。目が覚めたのは午前四時半だ。なんで目が覚めたかわからなかった。壁越しから聞こえるのはジョージのいびきと思われる低い轟きだけだ。

あいにく夜中に目を覚ました時に往々にしてあることだが、わたしの脳はすぐにフル回転した。今度はクラリッサとジョージに煩わされなかった――もっとも、クラリッサはかつて魔が差したからこそ、ジョージと巡り合ったのだろう、とは思った。ジョージがわたしにちょっかいを出した速さからも、それがわかるというものだ。

ベッドでしきりに寝がえりを打ちながら頭から離れなかったのは、夕食の場面だ。バーマン警部の質問をすべて思い起こし、警部の意図を把握しようと努める。

ウィッキーの敵といわれていたのは〝切れ者ジム〟だったっけ？　その人物は何者なのだろう？　そしてバーマンがスパークスにではなく、ラムズボトムとケントに尋ねた理由は？　それに、どのようにしてウィッキーがケントについて知ったのか、という質問もあった。もっともあまり追及はせず、ケントの〝噂〟について触れる程度だった。

ウィッキーの手袋も話題に挙がっていた――手袋がどう関わるのか？

警部は犯行が暗闇の中で行われたはず、という推理を展開した。また、夕食後にウィッキーの部屋の灯りを見た人はいるかと尋ねた――だがその質問は手がかりに結びつかないと気づいていたはずだ、犯人は嘘の供述をするに決まっているのだから。だがあのやりとりを信用するなら、スパークスとヘザーズは除外される。ウィッキーの部屋がどこなのかスパークスは知っていたと認め、ヘザーズは灯りを見たと証言したのだから。

凄惨な犯行現場を犯人はドアの蝶番の隙間から見たという最終段階の説明の時に、バーマンが尋ねたのは、下宿人が互いに部屋を訪ねるかどうかだった。クラリッサの訪問をケントが認めるかどうか探るための〝見せかけの〟質問だったに違いない。そしてどのようになるのか……？　それとも違う目的か？　犯行が暗闇の中で行われたのなら、ベッドの位置を知っていたに違いない。そして事前に──ふだんはミスター・ケントの部屋だが──ウィッキーの部屋だとわかっていたのだ。それはどういう意味をもたらすのか？　犯行があった夜には月明かりが差し込んでいた。暗い部屋とはいえ、白い枕とシーツくらいはうっすら見えたのではないか？

5

そこまで考えが及んだ時、部屋の外から物音が聞こえた。それは間違いなく──ドアが開く音だった。わたしは静かにベッドから飛び出て部屋のドアの内側に立ち、耳を澄ました。誰かがフラットに入ってくる──足音がする。

わたしは音を立てないようにしながらドアをわずかに開けて様子を窺った。目の前にナイトガウン姿のクラリッサがいた。ちょうど彼女の寝室に入るところだ。

わたしは再びドアを閉めた。だがベッドには戻らなかった。

夜クラリッサが自由に自分の住まいを歩き回ってはいけない理由があるだろうか？　いや、特にない。だが確信するが──実際にはそう断言できなかったけれど──彼女は〝住まいを歩き回っていた〟のではなく、玄関から入ってきたのだ。その場合、三〇分ほど前わたしが目を覚ましたのは、クラリッサが出ていった時の物音だった可能性はないだろうか？

だとすると――

どうかわたしを大目に見てほしい。この四日というもの、芝居がかった緊張感の中にいた。死体を発見するという――傍から見れば歯がゆいだろうが――辛い経験をした。いままでほとんど寝ていなかったし、今夜もクラリッサの声のせいでなかなか寝つけなかった――まあ、彼女は敵に回したくない人物ではある。いまは午前五時、熟考にはまったく適さない。それに――

いや、とにかくそんなわけで突如として浮かんだのは、クラリッサがウィッキーに手をかけた、という案だった――そしていま、捜査網が敷かれていると知って、夜中にバーマンを殺害したのだ！

わたしの想像はそこで終わらなかった。大事件の捜査中にバーマン警部がめったにベッドで寝ないのを知っていた。今夜は卓球室の肘掛椅子で寝ていると思われた。その横の椅子にはブライアンが寝ているだろう。クラリッサが忍び込み、寝ている警部を殺害したなら、ブライアンに危害を加えずにいるだろうか？　彼女にブライアンが気づいたとして……それとも寝ている彼にクラリッサが動揺し……身を護るためにブライアンも殺害した？

わたしはまたベッドから出た。ナイトガウンを着てフラットを出る。幸いにも――かなりというか、ある程度というか――機転がきいて、音を立てずに出ていくことができた。玄関を出てドアを閉める。

それから階段を下りた……一昨日ウィッキーの死体を見つけた時もこうだった。

今夜はまだましだ、というのも真っ暗ではなかったから。二階に着く前に玄関ホールの灯りに気づき……それで新たな恐怖を抱いた。というのも殺害されたウィッキーの部屋から漏れる灯りを思い出したからだ。そのせいで動揺して最後の一段を飛ばしてよろめいた。

だがすぐに立ち直った。「やあ、どうした？」という声がしたからだ。〝頰髭さん〟というあだ名の友人の巡査だ。「やけに急いでいるね？　何かあったのかい？」

「警部は？」わたしは大きな声を出した。「警部は無事？　それに――アーミテージ巡査も？」

「おれの知る限り、ふたりとも無事だよ。とにかく、ここにはいない。昨夜十時頃出てったきり戻ってない」

「それは確か？」

「おれはうたた寝してたんだ。警部がいたらできるわけないだろう？」

いかにも説得力のある説明だったので、かなり安心した。「わかったわ。ところで、ついさっき誰か下りてこなかった？」

巡査は父親ほどの年齢だ。「おれくらい署にいれば、周囲に気を配りつつ目を開けたまんま寝る方法がわかるだろうよ。下りてきた人はいなかった。何を慌てているんだ、お嬢さん？」

わたしは気を取り直し、声を出して笑ってみせた。「あら、きっと悪い夢でも見たのね。誰かがうろつき回った気がして――また何か起こるんじゃないかと思ったのね、きっと」

「その心配はないよ、おれがいる限りは。ベッドに戻ったらどうだい、お嬢さん？」

6

それは名案だった。わたしは安心して、こっそりと自分の部屋に戻った。自分の愚かさ加減を思い知ったが、知るは〝頬髭さん〟ばかりなり、巡査だって口を滑らせはしまい。

そもそもクラリッサがフラットから出ていっていたと考えたのが間違っていたのだろう。前夜にあんなことがあったので、寝つけなかったのかもしれない——それでキッチンへ温かい飲み物を作りにいっただけだろう。派手な展開を想像してしまって愚かだった。いつかバーマンがブライアンに話していたが、とかく事件捜査では真相から注意を逸らされがちになる。

いつもなら寝る時には新鮮な空気を入れるためにカーテンを開けるが、あと少しで夜が明けそうだったし、月明かりで眩しいのも嫌だったので、カーテンを閉めようと窓辺に行き、裏庭に目を落とした。壁に囲まれたこぢんまりした敷地には芝生が広がり、木々が植えられている。

半分ほどカーテンを引いたところで、下で何か動くのが見えた。それが人影だとすぐに気づく。最初に思い浮かんだのは警官だった。バーマン警部は出入口を監視するよう指示したはずだ。容疑者は全員屋内にいるので、監視するようにとのことだった。だが見ているうちに、人影は木から木へと怪しげに移って、壁際へ向かっていた。

その人物をはっきり見ることはできない。流れる雲が月明かりをしばしば遮るので、見えては隠れるを繰り返す。だがその人影が壁をよじ登って、向こう側に姿を消すのは確認できた。

正面玄関から出ずに、そんな風に通りに出てゆくのは、目撃されたくないからに違いない。つまり逃亡だ。下宿人の部屋は二階の奥に位置し、寝室の窓から庭に出るのはそう難しくはない。

そういえば、ミスター・スパークスは退所したがっていたが、バーマンから留まるよう言われていた……。でも身の回りの品も持っていきたいはずだ。人影がスーツケースを持っていなかったのは確かだ。すると、あれは隙を見て逃げたのだ——つまり殺人犯が逃亡したのか？

そうなるとミスター・スパークスの可能性もないとはいえない。ミセス・マンローとのやりとりは口実に過ぎなかったのか――夫人からではなく、バーマン警部から逃れるために？

どう対処するかが問題だ。バーマンが屋内にいれば、目撃した内容をすぐさま報告したのだが。警部が不在で、なおかつ〝頬髭さん〟がうたた寝していたところをみると、警部補も――巡査部長さえ――いないのだ。〝頬髭さん〟に話したところで始まらない、巡査には権限がないのだから。

それでも何かすべきだとわかっていた。ほったらかしにして眠れるわけがない。それなら――そう、署に電話をして当番の巡査部長に報告すべきだ。〝頬髭さん〟には笑われるか、また悪夢を見たかと思われるだろうが、いても立ってもいられない。改めて自分の義務感の強さにうんざりした。

第十四章　手つかずの朝食

1

署の当番の巡査部長は呑み込みが速く、わたしの報告をただちに刑事捜査課に伝えると約束してくれた。朝になって一階に下りる時には、夜明けを待たずに捜査を始めていたバーマン警部か部下の警部補が館に来て下宿人を起こし、不在の者がいないか確認しているとばかり思った。

だが驚いたことに、そんな様子はみじんもなかった。バーマンは戻っておらず、刑事捜査課からの応援もなく、常に悠然としている〝頬髭さん〟は居眠りをしている。

さっぱりわけがわからない。

だが、心配している暇はなかった。急いで朝食を作らなければ――そして、キッチンにいる時はいつでもミセス・マンローの愚痴を聞く必要がある。夫人は悪夢を見ていて――ミスター・スパークスが主人公だったようだ――ときどき目が覚めると、誰かが忍び足で館の中を歩いているのが聞こえた気がして怖かったそうだ。何者かが階段を踏み外した音や、話し声も聞いたという。確かにひどく怖かったろう。それは当然ながら、新たな被害者が出るかもしれず、それでも夫人になす術がなかったからだ。今朝玄関ホールに警官がいるのを見て夫人はとても安堵した。警察がいれば、これまでもこれからも、犯行に及ぶ者はいないと考えたのだ。わたしはそうは考えなかったが。

2

朝食の席にミスター・スパークスの姿を見た時わたしは衝撃を受けた。てっきり逃亡者はスパークスだと確信していたのに、当の本人が目の前にいる。厳粛に打ち沈んではいるが、いつもと様子は変わらない。

それをいうなら全員が沈痛な様子で、ハムオムレツにも心躍らないようだった。

わたしは給仕用の小テーブルにオムレツを置いた、ちょうどその時、ミスター・ケントの姿が見えないと気づいて再び衝撃を受けた。

さっそく推理を始める。昨夜のクラリッサの外出は、バーマン警部が事件の核心に迫っていることをケントに警告に行くためのもので——ブラウンのスーツやブルーのスーツについて聞き取りしていたが、どう関連づけされるのだろう?——その結果ケントが逃亡した。新たな展開により、何かが起ころうとしていた。

すると、ふたりの制服警官が各々椅子を持って入室してきた。それからジョージとクラリッサが入ってきて、テーブルから少し離れてそれぞれ椅子に座った。クラリッサは立腹し、ジョージはふてくされている。どうやらここに来る前にフラットで喧嘩をしたようだった。キスで仲直りできるようなレベルではなかったのだろう。

だがミセス・マンローは息子夫婦を見て大喜びした。「まあ、ジョージ」夫人が大声で言う。「何てすてきなの、朝食に下りてきてくれるのが念願だったのよ、クラリッサも一緒ね。前もって言ってくれたらよかったのに、でも何とかなりそうね。キティー、どうかしら？　ねえジョージ、テーブルにもっと近づいて。全員座れるはずよ。嬉しいわね、こうして――」

夫人は急に口をつぐんだ、それはドアが再び開いてミスター・ケントが入ってきたからだ。驚いたわたしはスプーンですくっていたオムレツをカーペットに落としてしまった。テーブルに目を走らせる。ミスター・ヘザーズ、ミスター・ラムズボトム、ミスター・スパークス、三人は席についている。するとこ、いったい誰が――？

その時ミスター・ケントがひとりではないと気づいた。同行する警官に肘をつかまれている。

それで合点がいった。朝のわたしの推理が正しかったのだろう。クラリッサから捜査の進展を聞いたケントが逃走して逮捕された――わたしの通報後、屋内で動きはなかったが、壁から飛び降りていたなら、刑事捜査課が手配を開始したとたんに、ケントは署に連行されていたかもしれなかった。

そしてバーマン警部が入ってきた。ブライアンも一緒だ。ふたりが夜を徹して捜査に当たっていたのが一目瞭然だった。バーマンは目の下に少し隈があるものの気迫に満ちているが、ブライアンは可哀そうにくたびれ果てて、警官としての意地でなんとか持ちこたえているありさまだ。

たくさんの人たちを前にミセス・マンローは胸を躍らせた――バーマン、ブライアン、三人の警官、ジョージとクラリッサ。

夫人が叫ぶ。「まあ、前触れもなしに。聞いていればどうにかできるのに。キティー、お使いに行ける？　でもまだ早くてお店が開いていないかしら。どうしましょう、オムレツで使い切ってないから、玉子は三個はあるはずよ、あら二個だったかしら？　それに冷蔵庫にベーコンが少しあると思うの。あらまあ。さあミスター・ケント、いつもの席に座ってね。だいぶ間隔が狭くなるけれど――」

「その必要はまったくありません」バーマン警部が言う。「ご自分の食事を続けてください、ミセス・マンロー。わたしは昨夜の夕食時と同様に証拠集めを続けますので」

「あら、おもてなししないなんて考えられません。それにミスター・ケント、そんなところで立っていないで。戻らないかもしれない、と思っていたくらいだから、また会えて皆嬉しいのよ。さあ、いらして――」

バーマン警部が言う。「ケントはすでに朝食をとっています。ミセス・マンロー。彼は午前五時過ぎに庭の壁を乗り越えてこの家から出ていきました。通りに下りたところを署員に確保されたんです。現在、逮捕されています」

「おい、ぼくは逮捕されているのか？」ケントが叫ぶ。「何の嫌疑か聞きたいものだね？」

「身柄を確保しているというべきでした。容疑は後々固まるはずです。逃亡した理由を釈明したいですか？」

わたしはメモ帳に走り書きをした。「午前五時クラリッサ階下へ行った模様。ケントへ警告したか？」それからオムレツの皿をミセス・マンローの前に置き、横を通り過ぎ際に警部の手にメモの紙を滑り込ませた。誰にも気づかれないことを望んだが、危険を冒したとは感じた。

バーマン警部がメモに目を走らせてから言った。「どうです、ケント？」

「勝手に言えばいい――ぼくに嫌疑があるというのなら」

「おおいにありますとも。あなたは〝切れ者ジム〟ですね？」

「いや、違う。昨日の晩そう言ったはずだ」

「確かに。それに関して、何か別のことを話したほうが賢明だとあなたが考えたのだと推測します。でもたぶん後で道理がわかるでしょう、いまの立場の重大さを知った時に」

警部はケントに背を向けて言った。「ミセス・マンロー、わたしに注目していただきたい。先週の木曜日あなたがブラウンの男性用スーツをクリーニング店に出したという証拠を得ています。ここに持ってきました。出したのはこれですね？」

警官のひとりがスーツを掲げると、夫人は言った。「ええ、確かに。ブルーのよりミスター・ケントによく似合っていると思っていました」

「誰のスーツですか？」

「いま言ったはずですよ。ミスター・ケントのものに決まっています」

「クリーニング店に出してくれるよう、彼があなたに頼んだんですか？」

「そうです。残念なことに臭《にお》いがしみついていましたから」

「具体的に何の臭いでしたか？」

「ビールですよ。グラスをひっくり返したとミスター・ケントから聞いて――」

「なるほど」バーマン警部はクラリッサのほうを向いた。「ミスター・ケントと水曜日に会った時に来ていたスーツがブラウンだったとあなたは言いましたが、これだと断言できますか？」

「巻き込まれるのはごめんだわ」クラリッサが不機嫌そうに言う。「こちらはいい迷惑よ」

「のちのち証言台に上がるでしょうね、召喚状《サピーナ》が出ますよ。だからここでも質問に答えていただきたい。答えなければ、ほかの人に訊きましょう。ミスター・スパークス、ミスター・ヘザーズ、ミスター・ラムズボトム、ミセス・マンロー、皆さんは当日ケントを見たはずですから、情報をくれるはずです。どうです？」

クラリッサが渋々口を開く。「そうよ、そう。ミスター・ケントが水曜日に来ていたスーツだわ」

「よろしい。いまスーツはきれいです。しかし――ミセス・マンローから聞いた話とは別に――木曜日の朝にビールがかかったスーツを夫人が出した、という確証をクリーニング店主からも得ています。汚れたのは水曜日の夜に違いない、その日にこのスーツを着ていたのを目撃されているのでね、ケントさん。そして木曜日の朝にあなたは汚れたスーツをミセス・マンローに渡した」

ケントが言う。「それがどうかしましたか？　あの夜、飲んでいたビールをこぼしたんですよ」

「パブハウス〈レッド・ドッグ〉でその夜の証言が取れました。ジョー・ウィッキーがこんなブラウンのスーツを着ていた男性にビールを浴びせかけたそうです。その場に居合わせた人が、その男性は〝切れ者ジム〟だったと証言しました。その人物はウィッキーの宿敵です」

「ぼくじゃない」ケントが言う。

「違いますか？　まあ、たいして変わりはありません――いまのところは。もっと重要なのは、ウィッキーがビールをかけた相手があなただったかどうかです。店主や客があなただと証言したらどうします？」

「ぼくは〈レッド・ドッグ〉に行ったことはない」

「ならばその夜に、どこか別の場所でビールがかかったと証明する必要がありますよ。ウィッキーと〝切れ者ジム〟が揉めていた時にあなたがどこにいたか、のアリバイを作ったほうがよいと思っているでしょうね。ウィッキーとジムは険悪な状態でした。店主は喧嘩になると思い、外でやってくれ、と命じた。外の暗い中で殴り合っているのが見えたそうです。翌朝、血痕があったので、どちらかがナイフを抜いたようです」

「刺された腹いせにウィッキーを殺した、というのが警部さんの推理なら、間違っています」ケントが言う。「ぼくに傷跡などありません、刺されてなどいない。それにウィッキーが殺害された時、ぼくがいなかったことを証明できます」

バーマン警部はケントを見ながら一分ほど間を置いた。そして言った。「アリバイを示そうとしましたね。代わりに、わたしが示しましょう。下宿人たちが互いに訪問するかどうか、昨晩尋ねたのを覚えているはずです。あまり反応はなかった――それはウィッキー殺害の犯人にとって不利でしょう。この事件で特徴的なのは、凶器を所持する必要性を犯人が感じなかったことです――寝室の暖炉にある火かき棒を使った。つまり、暗くても置き場所がわかったに違いない。それは、犯人があの部屋を熟知していたことを意味します。当然ながらあそこはあなたの部屋です、ケントさん。あなたは――ほかの誰よりも――火かき棒のありかを知っていた。それについてはどうですか?」

「くだらない」ケントが叫ぶ。「ばかばかしいにも程がある。ぼくは館にいなかったと言ってるでしょう。ロンドンにいませんでした」

「あなたは玄関の鍵を持っていた。それにあの夜ロンドンに戻ってきたかもしれなかった」

「いや、そんなことはしなかった」

警部が言う。「わたしはすでに公式の警告をしています、ジョン・ケント。あなたの発言はすべて――」

「おい、そんなの知ったことか」ケントが大声を出す。「ぼくだと決めつけているのは、わかってるんだ。でもぼくはウィッキーを殺さなかったんだから、決めつけられてはかなわない。言ってるように、ここにはいなかった。バーミンガムにいたんだ。証人も出せる」

警部は言った。「それは興味深い。仕事で行っていたんですね?」

「そうだよ、ちくしょう。ブル・リング（バーミンガムにある商業区域）で下見をした、それだけだ。家宅侵入はしなかった」

「なるほど」バーマンが言う。「だがそこの目撃者が来たところで、ここの証人にはなりません。そこでさらに訊きます。〝切れ者ジム〟で通っているのを、まだ否定しますか?」

「余計なお世話だ」

「余計ではなさそうです。その種の名は、同業者の中でも熟練した人物につけられるものだ。ケントさん、情報によると、あなたは幼い時両親に死に別れ、ここで〝ミスター・ヘザーズ〟と呼ばれている伯父の手で育てられた。実の息子同然に育てられ、いい教育を受けた。合っていますか?」

「余計なお世話だ」ケントが嚙みつく。

「その後、伯父は破産し、あなたは自活しなければならなかった。二、三年前のことです。あなたは犯罪に手を染めて生きると決めた」

「知ってるんじゃないか」

「知ってますとも。オーストラリアに住んでいた、というのは嘘ですね?」

ケントが答える前にミスター・ヘザーズが言った。「口を挟むのを許してくれ、警部さん。黙っていられないんだ。聞いていて辛い。いまの話で、わたしに関することは事実だ。甥が――ケント自身いま認めたように――裏稼業で日々を送っていると知った時、わたしはひどく後悔した。必死で説得したが、無駄だとわかった時にわたしにできるのは、甥を守ることだった。実際、そうしてきた。もちろん、誰にも知られたくなかった――特に警察には。わたしに非があったと言われるに違いない。たぶんそうだったろう、だがわからない。そうする必要があった。警部さん、甥がオーストラリアに住んでいた、と言って惑わせたのを後悔している――だが、ほかにどうしようもなかった」

バーマンが切り返す。「いまのは警察に誤認させようとした、という告白ですね――重罪に当たりますよ、サー・ハンバート。それで――」

ミセス・マンローが興奮して割り込む。「ミスター・バーマン、いまミスター・ヘザーズを別の名で呼びましたね。〝サー・ハンバート〟と言いました？　そうなの？」

「彼に公式の警告をしようとしているので、正式名で呼びかけねばなりません。ここでは〝ミスター・ヘザーズ〟で通していますが、実際には准男爵です」

「ああ、どうりで。気品のある方がいてくれて光栄だと常々感じていたんです」

ミスター・ヘザーズが言う。「ふうむ。あなたの約束を鵜呑みにしていたよ、警部さん。わたしとしたことが。紳士の間では――」

「約束などしなかった。あの時はあなたの正体を明かす理由がなかっただけです。当時は正直に対応してくれていると思っていたが、いまなら欺かれていたとわかる。時間を無駄にできません。サー・ハンバート・ヘザーズ、警告します。あなたの発言はすべて記録され証拠とみなされる可能性がある。その観点からすると、いま話した内容のどの部分を取り下げたいですか？」

「ふうむ。いや、特にない。甥がすでに認めた内容を追認したにすぎない」

「結構。では話を続けますよ、ケント。あなたはバーミンガムへ行って仕事に加わったと言った。重要な役割ではなかったでしょう、腕前を示そうとして、試しに加わったんですか？」

「どう思おうとご勝手に」

「そして仕事を終えたあなたは昨日の早朝ロンドンに戻ってきた。それは、慌ててロンドンを出た時に置きっぱなしにした所持品を取りに来るためですね？」

ケントが言った。「もう回りくどいのはやめてくれ。『早朝』とはどういうことだ。ぼくは午前七時まではバーミンガムにいた。証人もいる」

「それはいったん置いておきましょう。わたしが気になるのは、ロンドンを出る時パジャマや髭剃りすら持たずに慌てて出かけた点です。なぜそう急いだんです？」

「ああ。いったん決めるとすぐ行動する質《たち》でね」

「それだけですか？」バーマン警部が言う。「なるほど」

3

と、バーマン警部はクラリッサに向き直った。「あなたは」警部が言う。「ケントが出ていったのを知っていたと言いました。出てゆく理由も聞きましたか？」

「い、いいえ――ケントさんは急いでいて、駅に行くとだけ言って出ていきました」

「彼が犯罪者だと知っていましたか？」

「ジャーナリストだと聞いていました」

「夜も仕事をするという点だけは同じですが。ほかに何か捜査に役立つことを知りませんか？」

クラリッサは警部に目を向けたままで、ケントをちらりとも見なかった。「わ――わたし、ケントさんがそんな人だとは思いもしなかったわ。何もないです、ほかに話せることなんて」

「あるはずですよ。いまこの部屋に彼が入ってきた時より前に、彼を最後に見たのはいつですか？」

クラリッサはにわかに顔を赤らめた。「それは関係ないわ」

「とても関係がありますよ、とっくにわかっているはずです。あなたはサー・ハンバートよりはるかに深刻に捜査を妨害しています。犯罪者が法の裁きから逃れるのを幇助しようとしている。彼を犯罪者だと思わなかったのなら、あなたが手助けした理由がなくなってしまう」

「ケントさんの服装について尋ねたでしょう。それで容疑がかかっていると思ったのよ」

「ウィッキー殺害の容疑が？　すると彼の動機を知っていた？」

「知らなかったわ、知るもんですか。あなたから訊かれた内容を伝えておくべきだと思っただけです」

「つまり、状況が安定している間に逃げたほうがいい、と？　ケントのことをろくに知らず、わたしの嫌疑を正当だと考える理由もなく、それなのに彼が逃れるのを助けた。あなたはそう言ってるんですか？」

クラリッサはもはや喧嘩で叫び続ける女性ではなかった。すっかり意気消沈している。

「浅はかでした」クラリッサは言った。「ケントさんは無実なのにあなたが嫌疑をかけているとばかり思って、それで――助けたかったんです」

「なるほど」バーマン警部は言った。

4

「それはひとまず置いておきましょう」警部が言う。「ケント、そんなに慌ててバーミンガムへ行った理由について、まだ白を切るんですか？」

「いい加減にしてくれ」ケントが叫ぶ。「ウィッキーが殺された時ぼくはバーミンガムにいた。それで充分だろう」

警部が言い返す。「そうとは思えません。あなたから訊けないのなら、ほかを当たらなければ。それならジョー・ウィッキーに訊くとしよう」

それを聞いて、わたしと同じく皆もひどく驚くだろうと思った。ミセス・マンローはウィッキーが姿を現すと思ったのか、心配そうに辺りを見回した。と、ミスター・ラムズボトムが言った。「ウィッキーに？　でも確か――死んだんじゃ？」

バーマンが説明する。「ウィッキーは〈レッド・ドッグ〉の外で喧嘩をし、後日、署までわたしを訪ねてきた。ジョン・ケントという名の人物が殺されそうなので助けてほしい、と頼みに来たんです。加害者は誰なのか言おうとしなかった。ウィッキーは、ケントが裏社会に通じていてこの館に住んでおり、ギャングのボスと仕事をしている――ビル・ヘザーズという名の男も、同じくここに住んでいる、と言っていました。わたしが尋ねた時――」

ミスター・ヘザーズが口を挟む。「警部さん、わたしが犯罪に加担しているとほのめかしているのか？　ばかな、ばかげている！」

「ほのめかしてなどいません、彼の言葉を繰り返しているだけです。ウィッキーは虚実ないまぜにして話した——事実とまったくの嘘を。彼はケントを知っていた——当然です、喧嘩をしたばかりなのだから。だがあなたのことは知らなかったんです、サー・ハンバート。ヘザーズという名の人物がここにいる、とミセス・マンローから聞いただけで、ケントがあなたの甥だとは知らなかった。ウィッキーはギャングのボスだと話したが——あなたはそんな裏社会にいないしそんな人物ではない、とわかっていた。それにもかかわらず、ケントを殺そうとしているのがあなただ、と結局ウィッキーは言ったんです」

「ばかな！　ふうむ。実にけしからん」

バーマンが言う。「確かに。でもそれこそ、彼がわたしに信じ込ませようとした話の内容です。なぜウィッキーはそこまでして信じさせようとしたのか？」

5

バーマン警部は芝居気たっぷりに言ってから間を空けた。全員が一心に警部を見つめている。皿の上のハムオムレツは手つかずのままで、朝食のことなど皆の頭から消えていた。聞き手をこれほど呆然とさせたことはなかったはずだ。

いきなりバーマンは言った。「それを教えてくれるのはあなたです、スパークス」

「わたし？」ミスター・スパークスが大声を出す。「いや、まさか。何も知りません」

「ウィッキーが殺害された前夜、あなたは一緒にテレビを観ていました。九時になると、ウィッキーは自分の部屋へ、あなたは階上の自室へ戻ろうとして玄関ホールに出た」

「はい、そのとおりです。その後は彼を見ていません。なんの関係もないですよ」

「この館のアンテナではイギリス放送協会《BBC》しか入りません。つまりあなたがたはあのドラマを観ていた。あの番組は八時三五分から九時三五分まででした。なぜ最後まで観なかったんですか？」

ミスター・スパークスの声には安堵の様子が窺えた。「ああ、そのこと？　なら、そう言ってくればよかったのに。ヒヤヒヤしましたよ、いつもそうやって怖がらせるんですから。ああ、テレビの話でしたね。確かに、あれは実はとても面白くて——刺激的だった。でもウィッキーはつまらなそうでした」

「それはなぜです？」

「妙ではありますが、いまなら見当がつきますよ、その後の出来事から判断すると。あの手のドラマはテレビにありがちな——さりげなく始まり、残忍になってゆくストーリーでした。そして次第に盛り上がり——殺人事件になる」

「それで？」

「わたしは夢中になっていました。でも、ウィッキーは殺人と聞くだけでぞっとして観ていられない、と言ったので、それを聞き入れてテレビを消しました」

「ウィッキーの言葉を正確に繰り返せますか？」

「いや、もう日が経ってしまったからな。でも何度も言っていたのは覚えています。『人殺しはいけない』——聞き飽きるくらい、ずっと言っていました」

「なるほど」バーマンは言った。「あなたに印象づけたくて何度も繰り返し言ったんです。その発言を記憶してほしかったのでしょう。署に来た時も同じせりふを何度か聞かされました、覚えさせようとしてのことに違いない。ウィッキーがわざわざ来てそんな作り話をして――数日後にこの館へ来て――殺害された理由がわかった気がします」

6

わたしは要領を得なかった。自分で思うより頭の回転が鈍いのかもしれない……それとも……実は、クラリッサが階下に来たというメモをバーマンに渡した時に、友人の〝頬髭さん〟に面倒をかけることになると気づいて、わたしはすっかり気もそぞろだったのだ。クラリッサは玄関ホールにいた巡査の前を通り過ぎてケントの部屋へ行き、再び出てきて階段を上がった。その間、巡査はずっとうたた寝していたに違いない！　バーマン警部は任務をおろそかにする者には情け容赦ない。

ひょっとしたら――たぶん、とまでは言えない――警部は事件解決後に、得意げな巡査をいったんは褒めるはずだ。ひょっとしたら――たぶん、とは今度も言えない――大目に見るだろうが、さもなければ――

わたしの考えごとはバーマン警部の新たな発言で遮られた。

「ケントが殺されそうで、それを企んでいるのはヘザーズだ、という考えを、わたしはウィッキーに植えつけられた。それは浅知恵と思われたが、のちにケントが殺された時、わたしが出動してヘザーズを逮捕し、その後で証拠を集めると仮定してのことだった。すぐにヘザーズをつかまえない場合は、ウィッキーの話を参考にヘザーズを容疑者リストの一番上にすると仮定した。ウィッキーは彼自身が容疑者リストに載るとしても最後尾になるようにしたのだろう――わたしに話を吹き込み――そしてミスター・スパークスも利用した――『人殺しはいけない』と言って。つまりケントを殺害した後の犯人候補を準備していたわけです。ウィッキーは是が非でもそうする必要があった。なぜならケントを殺害して復讐を遂げるために、この館へ来たからです」

7

それでウィッキーがバーマンを訪ねた説明がつく！　白日の下にさらされた真相に、わたしは愕然とした。

ミスター・ヘザーズが言う。「とんでもない！　本当か？」

ミセス・マンローが言う。「で、でも納得がいきません。殺されたのはミスター・ケントじゃないんですもの、わけがわからないわ」

ミスター・スパークスも口を開く。「いや、これで充分です。要するに仕組んだんですね？」

ケントは無言だ。ジョージとクラリッサも口をつぐんでいる。

ミスター・ラムズボトムが言った。「実にひどい話だ。ミスター・ウィッキーが喧嘩に負けたのを根に持ってミスター・ケントを殺す計画を立てた、とおっしゃるんですか？」

「いや、違います」バーマンが言う。「決してそれが理由ではありません。喧嘩で使われたナイフはケントのものだった。そうとわかるのは、ウィッキーの検視の際に傷跡を見つけたからです。いくつかの傷跡は彼の二本の指の腹にあった――商売道具である指はウィッキーにとって、何よりも大切なものでした。金庫破りの世界では随一だと自負し、仕事の出来具合は指先にかかっていた。あのような傷がついた後もうまく仕事ができたか、疑わしいところだ。ウィッキーは切りつけてきた相手を憎んだに違いない。それでケントに殺意を抱いたんです」

バーマン警部はまた間を置いた。そして続けた。「さあ、ケント。ウィッキーに追跡されていると金曜日に知ったあなたは、慌ててロンドンから出かけていった。出ていった理由をいまは認めますね？」

ケントはしばらく応えなかったが、それから口を開いた。「ああ、わかったよ、好きに取ればいい。そのままいたら奴につかまると知ったから出かけたまでだ。奴がこの館まで来るとは思わなかったが、追跡されているのは気づいていた。だからバーミンガムへ行ってそこの連中に加わった。昨日の朝にはこっそり戻れるだろう、バーミンガムへは必要な時にまた行けばいい、と思った。そうしたら奴がここにいて死んだとわかった。ぼくが到着した時には死亡していたはずだ」

バーマン警部が静かに言う。「それを証明できますか？」

「ああ。証人は六人で足りるか？　知り合いの若い女性がいて——駅で見送ってくれた。ほかにも数人いるし、仕事仲間は別にすれば、駅まで乗ったタクシーの運転手や、新聞売りも——」

バーマンは言った。「わかりました。あなたがわざわざ嘘のアリバイをでっちあげるような人間ではないと信じます。それにウィッキーを殺すつもりだったら、逃亡先をバーミンガムではなく、アイルランドにしたはずです。これであなたの嫌疑が晴れたようですよ、ケント」

バーマンがやけに穏やかなのは、休みなしの捜査で疲れているせいに違いない、と思った。

ケントも同じ考えのようだった。明らかに安堵した様子を見せてから、急にまくし立てた。「三十分ほど前、ぼくにはアリバイがあると言いましたね。それに納得するなら、もう満足していいはずだ。何が言いたいんですか？　いつまでいちゃもんをつけるつもりです？」

「証拠を集めています」警部が応える。「ほかならぬあなたの言葉で、推理が正しいとわかりました――ウィッキーはあなたを追いかけ、あなたはそれを知った。本事案の推理として、ウィッキーがあなたと間違われて殺された、というのがありました。彼があなたの部屋にいたのでね。だが、その推理はこの事案には当てはまらない、殺人の動機がはっきりしましたから。あなたの命を守るため、ウィッキーは殺害された」

「くそ」ケントが叫ぶ。「アリバイを認めないというのか？　確かめてみろ、証人がぼくの――」

「ああ、アリバイは認めますよ」バーマンは言った。「あなたはウィッキーを殺さなかった――それにもかかわらず、あなたの身代わりに彼は殺された。ミセス・マンローが犯人だとは思いません。ミスター・スパークスでも、ミスター・ラムズボトムでも、ミスター・ジョージ・マンローでもない。でも後のふたりはあなたの命を大切に思っているように見えます――クラリッサ・マンローとあなたの伯父へザーズは」

警部はすばやくクラリッサのほうを向いた。その勢いから逃れようとするかのように、彼女が椅子の中で後ずさる。

「ケントが警察に逮捕されるのを避けるために、危険を冒す用意があるとあからさまに示すミスをあなたは犯しています」

クラリッサが「何を言うの、違うわ」と叫ぶと、警部はへザーズに向かって言った。

「サー・ハンバート、甥御さんが罪を犯すがゆえにあなたは常にかばおうとしていますね」

ヘザーズが言う。「そのとおりだ。わたしには実に難しい状況だったが――そのせいでいまも――甥を守らねば、と感じている。だが比較的ささいな点のみだ。前に認めたように、警部さんを欺いた。ウィッキーの粗野な振舞いに我慢できず、場の空気を悪くしたのも事実だ。ただ理解してもらいたいが、喧嘩については説明して――」

バーマンが口を挟む。「ええ、夕食時の喧嘩はあなたの無実を裏付けする強力な点に思えました。ウィッキー殺害を計画していたなら――人前では――仲がよいふりをするはずだ、と推理しますから。その上、あなたの行動にはもう一点ある。あなたは甥御さんが不在なのを承知で、彼の部屋に灯りがついているのを見たと認めました。その二点から、容疑者リストから外れました」

そしてバーマン警部は再びクラリッサに向き直った。「あなたはケントとしばしば会っていたので、ウィッキーに追われていると聞かされていたかもしれない。昨夜以前にケントの部屋へ行ったことがあったので、火かき棒の置き場所も知っていた。彼に危険が迫っていると知ったあなたには、彼を守る動機もあった」

警部はいったん口をつぐんだ。クラリッサが再び大声を出す。「違うわ、違うったら」すると警部は続けた。「でもあなたに不利な事柄はそれですべてです。〝そうであったかもしれない〟に過ぎない。ウィッキーがケントを追っているとあなたが知っていた証拠も、彼の部屋にいた証拠も、ケントに危険が迫っていると知っていた証拠もありません。その一方で、ウィッキーを殺害した犯人が知っているはずのふたつの事柄を、あなたは知らなかった」

再びバーマンが振り返ると同時に、ふたりの警官が前方に移動した。

「そしてあなたに話は戻ります、サー・ハンバート・ヘザーズ。いま言ったとおり、二点からあなたを容疑者リストから外しましたが、それは短い間でした。その知性のなせる業なのでしょう、あなたは非常に老獪です。ウィッキーが使っていた部屋の灯りを見たと認めた――実際にはそうでなくても、そう認めることで有利に働くと知っていたからです。故意に人前で――普通に話せるという事実を露呈する危険を冒してまで――ウィッキーと喧嘩をしたのも、彼を殺そうとしていたなら喧嘩などするはずはない、と思わせるためです。あなたの無実を示す事柄として優位に働くとわかっていた。

ウィッキーに恨まれている、と甥御さんから打ち明けられたのでしょう。ケントの部屋をときどき訪れていたあなたは、火かき棒の置き場所をはっきり覚えていた。そして甥を守りたい、という衝動を自覚していた。そして――何よりも――ウィッキーを殺害する犯人こそが知り得るふたつの点を、クラリッサは知らず、あなたは知っている。第一に、ウィッキーがこの館にいるため、ケントが戻るとすぐに危険にさらされる。第二に、あの朝あなたが受け取った、ケントが翌日戻ると記された手紙です。あなたの部屋からその手紙を見つけました。それには『明日の朝いちばんに戻ります』とあった。つまり、それらふたつの点から、甥の生活を守るためにウィッキーがその夜のうちに死なねばならない、とあなたは気づいた。そしてまさにその夜、彼が死ぬよう取り計らった」

8

キッチンの山積みになった皿の前に一緒に立っていてもミセス・マンローは呆然としていた。いつものおしゃべりな夫人なら、次から次へといろいろなことがありすぎた、とまくし立てたはずだ。だが、愛するジョージが犯人ではなかったとわかって胸を撫で下ろした後――准男爵であるミスター・

ヘザーズが真犯人だったと知らされてショックを受け――憎らしいミスター・スパークスが犯人ではなかったと（もしかして）落胆し――（嫁を気に入ってはいないが、ジョージを悲しませるようなことになっては、と案じていたので）クラリッサが犯人ではなくて安堵した。そして目下の悩みはハムオムレツだ。五人分が残っていて手がつけられたと思われるのは一人前だけだった。

「もったいないわ」夫人がつぶやく。「だいぶ人数が減ったものね。ほかの料理にしてランチに出せないかしら？」

「食事をするのは奥様とわたしとミスター・ラムズボトムだけですね」

「あらまあ、下宿人がひとりなのね。そう望んでいた時もあったわ。あの人が准男爵と聞いた時には特に。風格のある人だと常々思っていたの。でも犯人となると話は違うものね？　でもいまは厳罰に処するまで、ずいぶん時間がかかるのよね。あらまあ、なんだか混乱してしまって、どうしましょう。キティー、わたしこのままでいいと思う？　ここを続けることについてだけど」

わたしは答えた。「いや、それはどうかと――」

だがその時、水切り板のカップにわたしは目を奪われた。底にココアが残っている、誰も飲まなかったはずなのに。ココアのおかげで、ケントに警告しようと下りてきたクラリッサは、彼の部屋にするりと入れたのかもしれない。自然なことだ。誰もいない玄関ホールの、鍵のかかった誰もいない部屋を警備するために座っているなんて、任務としては退屈極まりない。それに夜は冷え込み、ココアは温かい。〝頰髭さん〟は老兵だ、言い逃れる術を知らなくては署では続かない。何者かが侵入するような音がしたので、調べに行った、と巡査なら言うだろう。それで万事丸く収まる。とにかく、このカップをわたしが洗って片付け、証拠隠滅してしまえば……

と、ミセス・マンローの声が耳に入った。「どうかしら、キティー？　ここを続けるのは本当に無理だと思う？」

「いままでよくなかったとお思いになりませんか？」わたしは言った。「皆いがみ合っていたし、卓球室も使わなかったし、少しも楽しそうじゃありませんでした。奥様の配慮や苦労が役に立ったでしょうか？」

「そうね、期待はずれでがっかりだわ。むしろ期待しなければいいのかしら。ほかに何かあれば、だけど。何かの力になりたいのよ」

　その時わたしはひらめいた。「いいですね。でも孤独な年配男性は避けたほうが無難です」

「あら、そう思う？　女性なら悪くないかしら？」

「そうだと思います。でも、いっそネコはどうです？　迷いネコや子ネコは目を配らないと生きてゆけません。いくらでも世話を焼けますよ」思いつくままに続ける。「卓球室に五十匹ほど飼うんですよ、それぞれのかごとエサ入れとミルク皿を用意して。それにミスター・ラムズボトムがこのまま住み続けるなら、トイレの砂の入れ替えを頼めば、あの方には仕事ができますし、ネコのためにもなります。想像してください——五十匹の子ネコたちが奥様を頼りにする様を。喜びを表すために喉をゴロゴロ鳴らすんです。いかがです、ミセス・マンロー？」

　夫人の顔が輝く。「まあ、キティー！　わたしに勤《つと》まるかしら？」

訳者あとがき

本作『善意の代償』は、英国のミステリ作家ベルトン・コッブの"Murder: Men Only"（一九六二年刊行）の邦訳です。一九六九年刊行の『ある醜聞』（邦訳は二〇一九年刊行）、一九三六年刊行の『悲しい毒』（同前二〇二〇年刊行）と同じくチェビオット・バーマン・シリーズとなります。本作では『ある醜聞』にブライアンの妻として登場した、キティー・パルグレーヴが主人公です。既刊二作より時代がさかのぼり、キティーはブライアンと婚約中です。

キティーの所属は、原文ではWoman Police Constable Womanとなっており、女性警官のみで構成された捜査部を指します。キティーは婚約者の捜査部巡査ブライアンから、彼の上司チェビオット・バーマン警部のもとを訪れた情報提供者の話を聞きます。捜査部で積極的な捜査をしない旨を説明されたキティーは、犯罪発生に対する懸念と、抑えがたい好奇心から、情報で話題となった下宿屋に潜伏して調査することを思い立ちます。職務に支障がないよう一週間の休暇を取り、誰にも相談しないまま、いわば越権行為とも取れる行動に出るわけです。

女中として下宿に入ったキティーは、家主の老婦人をはじめ、下宿人である老人たちや、家主の息子夫婦という、実に個性的な人たちと出会います。到着翌日の深夜遅くに早くも殺人事件が発生。当然、警察の捜査が始まることとなり、自己判断で潜伏していたキティーは万事休す、と思いきや、持ち前の機転と強い職業意識で難局を切り抜け、捜査の指揮を執るバーマン警部の補佐任務を仰せつかります。

本作ではキティーの型破りな行動力と共に、バーマン警部の懐の深さが物語の展開の大きな要素となっています。一九五〇年代ではキティーのような女性警官は女性のみで編成された部署に勤務しており、その体制は「性差別法（職業・教育などにおける性差別の排除を目的として制定された法律。一九七五年制定）」ができるまで続きました。

また、下宿屋の家主の老婦人の篤志家ぶりに驚かれる方もおられるかもしれません。英国では中世から、土地を失った農民らが浮浪民となるのを取り締まるための法律がありました。この法律は多分に封建的・強制的な側面を持つものでしたが、エリザベス一世が統治していた一六〇一年に「救貧法」と「チャリティ用益法」が制定されたことで、状況が改善され、これらは貧民救済、教育と宗教の振興、その他コミュニティの益のために設立される公益団体の法的根拠となりました。ちなみに中世以来、チャリティで運用されていた大学などの設立根拠もここで確定しました。チャリティに関する法律は現在まで継承されており、イギリスの社会政策の特徴は、税（行政）とチャリティ（民間の慈善）という二本柱からなっています。このように民間の慈善活動が定着している土地柄でしたら、大金を得た老婦人が、貧しい男性の老人向けに下宿屋を開くのもうなずけるというものです。なぜ男性のみなのかは、どうか作品でご確認ください。

なお、下宿人のひとりがキティーとの会話中、家主を〝マリリン・マンロー〟と呼ぶ場面がありま す。来日の的であった女優マリリン・モンロー（1926-1962）がケネディ大統領の誕生パーティーで歌を披露し、その数か月後に死去した年が、本書刊行と同年であることから、こちらはコップの登場人物造形のひとつと思われます。キティーの前で家主をそう呼ぶ下宿人の卑俗さを、巧みに表していると言えるでしょう。

本書の訳出と刊行に当たり、多くの方々にお力添えいただきました。心より感謝いたします。

〔著者〕
ベルトン・コッブ
本名ジェフリー・ベルトン・コッブ。1892年、英国ケント州生まれ。ロンドンのロングマン出版社の営業ディレクターとして働くかたわら、諷刺雑誌への寄稿で健筆をふるい、特にユーモア雑誌「パンチ」では常連寄稿家として軽快な作品を多数執筆した。長編ミステリのほか、警察関連のノンフィクションでも手腕を発揮している。1971年死去。

〔訳者〕
菱山美穂（ひしやま・みほ）
英米文学翻訳者。主な翻訳書に『運河の追跡』、『盗聴』、『ある醜聞』、『悲しい毒』（いずれも論創社）など。別名義による邦訳書もある。

善意《ぜんい》の代償《だいしょう》
——論創海外ミステリ　294

2023年1月20日　初版第1刷印刷
2023年1月30日　初版第1刷発行

著　者　ベルトン・コッブ
訳　者　菱山美穂
装　丁　奥定泰之
発行人　森下紀夫
発行所　論 創 社
〒101-0051　東京都千代田区神田神保町2-23　北井ビル
TEL:03-3264-5254　FAX:03-3264-5232　振替口座 00160-1-155266
WEB:https://www.ronso.co.jp

組版　加藤靖司
印刷・製本　中央精版印刷

ISBN978-4-8460-1836-8